INSTRUCTION

DE

NOTRE DAME

DE LA GARDE

A SAINTE PHILOMÈNE

POÈME HISTORIQUE EN HUIT JOURNÉES

VERS ALEXANDRINS

contenant

**L'abrégé de l'Histoire Universelle depuis le premier
homme jusqu'à l'année 1836,**

PAR ANDRÉ SAPET.

MARSEILLE,

IMPRIMERIE ET LITHOGRAPHIE VIAL, RUE THIARS, 8.

1856.

ANDRÉ SAPET

Lith. Mollet freres, R.Vacon, 5. Marseille

Déposé.

INSTRUCTION

DE

NOTRE DAME

DE LA GARDE

A SAINTE PHILOMÈNE

POÈME HISTORIQUE EN HUIT JOURNÉES

VERS ALEXANDRINS

contenant

L'abrégé de l'Histoire Universelle depuis le premier homme jusqu'à l'année 1830,

PAR ANDRÉ SAPET.

MARSEILLE.

IMPRIMERIE ET LITHOGRAPHIE VIAL, RUE THIARS, 8.

1856.

32928

Ye

PRÉFACE.

Le lecteur ne sera plus étonné du titre que je donne à mon poëme, lorsqu'il saura comment j'en ai conçu l'idée.

Un jour du mois d'août 1836, me promenant sur le Cours Bonaparte, je vis venir, vers les 6 heures du soir, du côté de la rue Paradis, une procession à laquelle assistait Monseigneur l'Évêque, revêtu de ses habits pontificaux. Surpris de voir passer cette procession au milieu de ce Cours où, ordinairement, ne passe que celle de Notre Dame de la Garde, le jour après la Fête-Dieu, lorsqu'on la remonte à sa chapelle, il me sembla voir, en cela, une violation à ce privilège. Ne connaissant point le nom de la Sainte que l'on portait ainsi en triomphe, je le demandai à quelqu'un qui se trouvait à mon côté, qui me dit que c'était sainte Philomène, nouvellement exposée à la vénération des fidèles, dans l'église paroissiale de Saint-Joseph ; que les nombreux miracles qu'elle faisait journellement lui avaient attiré la dévotion d'une grande partie des habitants de Marseille.

Ce que je venais d'entendre me fit d'abord penser que Notre Dame de la Garde se formaliserait et de ce que cette Sainte, nouvellement arrivée, non seulement violait son privilège en passant triomphalement sur le Cours Bonaparte, mais qu'elle serait aussi blessée de la voir, par ses nombreux miracles, diminuer l'amour que le peuple marseillais avait pour elle depuis plusieurs siècles.

Pénétré de ce sentiment naturel à la créature, je conçus le projet de faire une protestation en vers, au nom de la Sainte Vierge. Réfléchissant, ensuite, que cette espèce de satire ne produirait aucun effet louable, je renonçai à mon projet, sans pourtant perdre l'envie d'écrire quelque chose au sujet de cette Sainte. A cet effet, je me procurai la petite brochure contenant l'abrégé de son histoire. Cette lecture m'apprit qu'elle avait été martyrisée à Rome, à l'âge de 16 ans, par ordre du barbare empereur Dioclétien; voyant qu'elle avait été privée de la vie aussi cruellement, avant d'avoir eu le temps d'éclairer son esprit sur les choses d'ici-bas, je profitai de cette circonstance favorable à mon projet pour faire un poème qui pût également être utile et agréable aux lecteurs.

Par une fiction poétique assez vraisemblable, je supposai que sainte Philomène, en arrivant à Marseille, ainsi que le font ordinairement les gens pieux, était allée présenter son acte de respect à Notre Dame de la Garde, mère de Jésus-Christ, son divin époux! La Sainte Vierge l'accueille avec une tendresse maternelle; sachant qu'elle a été martyrisée à l'âge le plus tendre, avant d'avoir eu le temps de se mettre au courant de ce qui s'est passé et se passe dans ce monde, elle veut l'en instruire. Pleine de ce désir, elle l'invite à passer huit jours auprès d'elle, pendant lesquels elle se propose de lui raconter l'abrégé de l'histoire universelle, depuis la création du premier homme jusqu'à l'année 1836, suivi des réflexions sensées qu'elle croit nécessaires pour la tenir sur ses gardes contre les artifices des méchants.

D'après ce qu'on vient de lire, l'on voit clairement que je ne pouvais pas donner à ce poème un titre différent de celui que je lui ai donné, puisque, en effet, c'est Notre Dame de la Garde qui instruit sainte Philomène.

L'on ne doit pourtant point croire que cette instruction soit entièrement subordonnée à un principe fanatique. La Sainte Vierge, dans ce long récit, ne cesse de parler comme une femme de bon sens, qui respecte toutes les religions qui ont pour principe de rendre à notre divin Créateur l'hommage que lui doit la créature. Mère de notre divin Sauveur, elle sait que lorsqu'il instruisait les hommes dans le Temple, un docteur lui demanda ce qu'il fallait faire pour obtenir la vie éternelle. Jésus lui dit : Que dit votre loi ? Notre loi dit : Tu aimeras Dieu de tout ton cœur, de toute ton âme, de toute ta force, et ton prochain comme toi-même ! Jésus lui dit : Tu as bien répondu, fais cela et tu vivras éternellement. Alors le docteur lui demanda : Qui est mon prochain ? Et Jésus, prenant la parole, lui dit : Un homme descendait de Jérusalem à Jéricho et tomba entre les mains de voleurs, qui le dépouillèrent et, après l'avoir battu, s'en allèrent, le laissant à demi-mort. Il passa un sacrificateur, le vit et ne s'arrêta pas ; il passa un lévite, le vit, s'arrêta et ne le secourut pas ; il passa un Samaritain, vit cet homme, eut pitié de lui, pansa ses plaies, puis le mit sur son cheval, le conduisit à la première hôtellerie, prit soin de lui ; le lendemain, il tira de sa bourse deux deniers d'argent, les donna à l'hôte et lui dit : Prends soin de cet homme, tout ce que tu dépenseras de plus pour l'assister, je te le donnerai à mon retour. Lequel donc de ces trois te semble avoir été le prochain de cet homme ? Le docteur répondit : C'est celui qui a exercé la miséricorde envers lui. Jésus lui dit : Va et fais la même chose !

(Saint Luc, Chap. X). Or, Jésus-Christ trouva le prochain de l'homme que les voleurs avaient assassiné dans un Samaritain qui, dans l'ancienne loi, était un hérétique, parce que les Samaritains traduisaient l'Ecriture Sainte différemment des autres Israëlites.

C'est d'après ce principe que ce poème est écrit. La Sainte Vierge, dans sa narration, ne cesse de combattre l'esprit du mal, mais respecte tout ce qui est dicté par l'esprit du bien. En conséquence, ce poème peut être lu par tout le monde, n'importe la religion qu'il professe.

Tous les faits, surtout ceux de l'histoire du peuple d'Israël, sont d'une exactitude et d'une vraisemblance frappantes. Celle de Joseph en Égypte surprendra le lecteur. La quatrième journée contient l'Histoire de la Grèce; la cinquième, l'Histoire Romaine; la sixième, celle du Moyen-âge; la septième et la huitième, l'Histoire Moderne. Toutes offrent le moyen de s'instruire avec facilité sur les principaux événements de histoire ancienne et de la moderne; ils sont tous racontés d'une manière exacte, sans prolixité; de sorte que ce poème sera, sans doute, extrêmement utile aux jeunes gens, même à ceux qui n'ont pas eu le temps de lire les livres d'histoire.

Comme il est bien plus facile de garder dans la mémoire les vers que la prose, je suis presque assuré que mon poème atteindra le double but que je me suis proposé : l'utile et l'agréable; c'est avec cette conviction que je le livre au public.

PREMIÈRE JOURNÉE.

—

La Vierge de la Garde accueille sainte Philomène avec une tendresse maternelle, lui prédit la grande dévotion qu'elle inspirera aux habitants de Marseille par ses nombreux miracles; lui rappelle les affreux tourments de son cruel martyre, sa constance à les supporter avec une patience exemplaire, sa mort glorieuse, son entrée au Paradis, où les cohortes angéliques et les esprits bienheureux la reçoivent et la conduisent solennellement devant le trône de Jésus-Christ, etc. Comment le saint Pontife Pie vii, l'an 1808, fit retirer des catacombes le cercueil contenant ses reliques, sur lequel étaient des hiéroglyphes indéchiffrables au Sacré Collège. Les professeurs des Universités de Toulouse, d'Oxford, de Bâle et de Pavie, appelés à Rome pour les expliquer, et ne pouvant déchiffrer ces vieux signes abstraits, retournent chacun dans leur patrie. Fiction poétique à ce sujet, etc.

—

Je vois avec plaisir, aimable Philomène,

Le motif qu'à Marseille aujourd'hui vous amène,

Et qu'au temple nouveau, construit pour saint Joseph,

L'on vous ait, sur la droite, et dans sa même nef,

Élevé sans épargne un autel magnifique,

Ornement somptueux de cette basilique,

Qu'avec magnificence, en marbre de Paros,

Ont fait dresser pour vous les fidèles dévots.

Sur lui, pompeusement, repose votre image,
Belle comme le jour, au printemps de votre âge,
Chacun admire, en vous, le noble maintien
Qui séduisit le cœur de Dioclétien !
L'on vous a mise aussi, couverte de dorure,
Au devant de l'autel; telle qu'en sépulture,
Votre image répand un éclat merveilleux,
Qui donne à cet autel l'air plus majestueux !
Enfin, les Marseillais, pour vous prouver leur zèle,
Ont, du goût le plus fin, orné votre chapelle.
Vous n'avez point encor de lampes en argent,
Mais les soins généreux d'un dévot opulent
Vous en auront bientôt superbement pourvue ;
Marseille, pour ce luxe, est noblement connue,
Et, dès que Monseigneur aura vu votre nom
Miraculeusement s'acquérir le renom
De guérir les fièvreux, ceux même à l'agonie !
Pour tôt vous déclarer thaumaturge accomplie,
Il obtiendra du Pape une bulle en latin
Qui vous garantira ce grand crédit sans fin,
Et Messieurs les Curés, chaque dimanche, au prône,
Dans tout ce diocèse, aux deux bords de l'Huveaune,
Ne finiront jamais leurs saints entretiens,
Sans bien recommander à leurs paroissiens

La vénération de sainte Philomène,
Martyre et thaumaturge, et, sans reprendre haleine,
Poursuivront, envoyée expressément des cieux,
Pour venir protéger ces peuples et ces lieux,
Et qu'en vous invoquant, leurs ferventes prières
Obtiendront par vos soins la fin de leurs misères !
Si, pendant ces discours, vous entendiez, tout bas,
Dire à quelque auditeur qu'il ne vous connaît pas,
De cette vérité ne soyez point surprise,
Rome seule connaît tous les saints de l'Église ;
Leur catalogue immense est rendu si nombreux
Qu'on ignore le nom de plusieurs bienheureux,
Qu'en ce monde, dans l'un ou dans l'autre hémisphère,
Se sont fait admirer par leur vie exemplaire !
Qu'en domptant leur faiblesse, à force de vertus,
Sont parvenus au rang des glorieux élus !
Mais, tranquillisez-vous, ici, sous peu, le vôtre
Sera si familier que celui d'un apôtre !
L'on accourra de loin, avec dévotion,
Implorer à vos pieds votre protection ;
Telle qu'abondamment l'onde du Rhône coule,
Autour de votre autel se pressera la foule
Des nombreux pèlerins, qu'en traversant la mer,
Viendront journellement pour vous intercéder !

Les boiteux ! les lépreux ! même les cholériques !
Dès qu'ils auront touché vos très-saintes reliques,
S'en iront, s'ils ont foi, parfaitement guéris !
Saints Lazare et Victor, patrons de ce pays,
Qui protègent tous deux leur ville bien aimée,
Au lieu d'être jaloux de votre renommée,
Se feront un plaisir, en vous cédant le pas,
De vous voir, chaque jour, épargner du trépas
L'épouse à son époux ! aux orphelins leur père !
Une fille adorable, aux larmes d'une mère !
C'est ainsi qu'en comblant chacun de vos bienfaits,
Vous obtiendrez bientôt l'amour des Marseillais !
Le mien vous est acquis, depuis le jour, ma fille,
Que je vous vis laisser votre auguste famille,
Pour braver le trépas qu'un barbare Empereur
Fit prolonger longtemps au gré de sa fureur.
L'inhumain espérait tenter votre personne,
Par l'appât séducteur d'une riche couronne !
Ce despote cruel ne vous offrit qu'en vain,
Son trône, sa richesse et sa barbare main !
L'éclat de son palais, sa pompe impériale,
Ne séduisirent point votre âme virginale !
Votre cœur, pénétré d'un amour bien plus doux,
Avait déjà choisi Jésus-Christ pour époux !

Ce fut à ce refus, qu'outré jusqu'au délire,

Il vous livra de suite au plus cruel martyre !

Il me semble encor voir vos terribles bourreaux ,

Se disputer le droit de vous mettre en lambeaux !

Pour plaire à ce tyran , tous ces hommes féroces

Tâchaient de rendre encor vos tourments plus atroces !

Sans le moindre respect pour votre chasteté,

Ces monstres infernaux, dans leur brutalité,

Se livraient, contre vous, à toute leur furie !

L'horrible énormité de cette barbarie

Semblait encor trop douce à l'Empereur Romain !

Ce tigre, qu'altérait la soif du sang humain,

Après vous avoir fait souffrir ce grand outrage ,

Ne sachant plus comment satisfaire sa rage,

Dans son cruel transport, pire que Lucifer ,

Aurait, avec ses mains, voulu vous déchirer !

Mais la férocité de ce tyran lubrique,

Qu'achevait d'acharner une envie impudique ,

Ne put, malgré l'excès de sa noire fureur,

Troubler un seul instant la paix de votre cœur !

Epouse de Jésus, votre amour, votre zèle,

Vous rendaient à sa loi sans cesse plus fidèle !

Quand l'infernal vouloir de Dioclétien

Vous fit subir les maux, qu'à saint Sébastien ,

Avait fait endurer ce Monarque terrible.

L'épouvantable apprêt de ce supplice horrible

N'altéra point les lis de votre front serein.

Ce barbare Empereur vous tourmentait en vain !

Au moment que de vous les bourreaux s'emparèrent,

Que de vos vêtements leurs mains vous dépouillèrent,

L'indignité d'un acte autant injurieux,

Ni l'effroyable ardeur des païens furieux,

Qui poussaient, contre vous, leur rage à toute outrance,

Ne firent point fléchir votre persévérance !

Plus ils envenimaient leur barbare courroux,

Plus ils vous rendaient cher votre divin Époux !

Les tourments inouïs de cette scène affreuse

Semblaient fortifier votre âme vertueuse !

Cette constante foi, charme des chrétiens,

Poussait jusqu'à l'excès la rage des païens !

Et lui, pour terminer l'horrible tragédie,

Par un extrême coup d'atroce barbarie,

Se livrant tout-à-fait aux fureurs de l'enfer,

A sa noire rancune osa vous immoler !

J'avais les yeux sur vous, lorsqu'une main cruelle

Vous mérita du ciel la couronne éternelle,

Qu'aussitôt Gabriel vous plaça sur le front !

Pour mieux solenniser votre glorieux nom ,

Ce divin messager que Dieu venait d'élire,
Vous remit, sans délai, la palme du martyre !
Jamais l'on avait vu le corps des Séraphins,
Unir leur lyre d'or aux voix des Chérubins
Et former avec eux d'accords plus harmoniques !
Le chant mélodieux de ces voix angéliques
Faisait jusqu'aux confins de la voûte des cieux,
Répéter aux échos votre nom glorieux !
A la voix du Sauveur, les Anges, les Archanges,
Au son des instruments publiaient vos louanges,
Les Saints que rassemblaient ces proclamations,
Se joignirent alors aux Dominations,
Et ressemblaient ensemble aux escortes guerrières ;
Tous ces esprits divins, rayonnant de lumières,
Se mouvant à la voix de l'archange Michel,
Dirigèrent leurs pas vers la porte du Ciel ;
Pour donner plus d'éclat à la cérémonie,
La musique devant chaque hiérarchie,
Formait, allant vers vous, les plus divins concerts !
Ces accords enchanteurs répandus dans les airs,
Charmaient, en même temps, le Ciel, la terre et l'onde !
C'est ainsi qu'au vouloir du Rédempteur du monde,
Les esprits bienheureux furent en corps vers vous.
Des anges vous offrant les parfums les plus doux,

Se placèrent alors du côté d'où saint Pierre,
Ouvrait, devant vos pas, la céleste barrière !
Je tressaillis de joie aussitôt que mes yeux
Découvrirent de loin votre front radieux !
Brillant, avec splendeur, sur la nue éclatante,
Qui conduisait aux cieux votre âme triomphante !
La grâce, la beauté, la modeste candeur,
Votre teint, qui des lis effaçait la blancheur ;
Et les tresses surtout de votre chevelure,
Qu'en triples boucles d'or, jusqu'à votre ceinture,
Flottaient élégamment sur le lin merveilleux,
Qu'un fermoir en rubis, d'un travail précieux,
Serrait autour de vous, et qu'un cordon de roses,
Au lever du soleil, ce jour-là même écloses,
Relevait avec grâce et donnait, en flottant,
Aux plis de ce tissu l'air le plus élégant.
De tous les bienheureux vous charmâtes la vue !
Dès que leurs yeux, de loin, vous eurent aperçue,
Les acclamations de ces esprits divins
Apprirent votre approche aux lieux les plus lointains.
Et pour vous recevoir le glorieux Archange,
Laissant à quelques pas sa divine phalange,
S'en fut d'un vol léger se placer sur le seuil,
Et vous fit, en entrant, le plus brillant accueil !

Le langage pompeux de sa bouche divine
Surpassait, en bons mots, l'éloquence latine.
Jamais, en déclamant, la voix de Cicéron
N'eut dans ses beaux discours tant d'élocution !
En vous félicitant, sa langue laconique
Vous dit, en peu de mots, d'un accent emphatique,
Tout ce que le Sauveur, votre divin époux,
Aurait lui-même pu vous dire de plus doux !
L'angélique orateur, par son sublime éloge,
Vous apprit que déjà sur le martyrologe
Votre nom bienheureux, pompeusement inscrit,
Sur ce long catalogue en lettres d'or écrit,
Par ordre de Jésus, et comme en récompense
Des maux soufferts par vous avec tant de constance,
S'y trouvait distingué de tout autre martyr !
Qu'autour de lui l'éclat qu'on voyait resplendir,
Rendait encor plus beau cet admirable rôle ;
Telle brillait surtout votre triple auréole,
Lorsque au milieu des Saints, marchant en grands convois,
Vous vîntes adorer le fils du Roi des Rois !
Quels que soient des martyrs le rang, le privilége,
Aucun ne fut reçu d'un si nombreux cortége !
Et sainte Luce, à qui l'on arracha les yeux,
Malgré tout le crédit qu'elle obtint dans les cieux,

Endurant pour Jésus cette amère souffrance,
Avec un zèle ardent, une persévérance,
Qu'aucun tourment ne put ralentir un instant,
Ne fut point comme vous si magnifiquement
A la porte du ciel par les anges reçue.
Vous, placée en triomphe au-dessus d'une nue,
De ce char glorieux, ainsi que le soleil,
Répandiez un éclat qui n'a pas son pareil !
Devant vous défilaient les nombreuses cohortes,
Qu'on avait rassemblés pour vous servir d'escortes !
Derrière se pressaient les nombreux bienheureux,
Accourus pour grossir ce cortége pompeux !
C'est ainsi qu'à la voix de votre renommée,
Le Sauveur, pour fêter sa chaste bien-aimée,
Voulut, en disposant ce superbe apparat,
Donner à votre entrée un merveilleux éclat !
Accompagnée ainsi de ce cortége immense,
Où chaque saint, d'après l'ordre de préséance,
Revêtu, ce jour-là, de son plus bel habit,
S'y trouvait à son rang comme il était prescrit
Vous vintes adorer, sur son glorieux trône,
Jésus-Christ ! Dieu le fils ! la seconde personne !
Qui, prenant dans mon sein un corps semblable à nous,
Vint mourir sur la croix pour le salut de tous ! ! !

Ce divin Rédempteur, qu'auprès de Dieu, son père,
Dans un brillant soleil resplendit de lumière !
Vous voyant à ses pieds pleine de sainteté,
Rendre un profond hommage à sa Divinité ,
Se plut, pour célébrer votre auguste victoire,
D'applaudir vos vertus , d'accroître votre gloire !
Et voulut, dès ce jour , qu'en dépit des enfers,
Aux quatre coins du monde et sur toutes les mers,
Vous fussiez des humains ardemment révérée ;
Et que vos os sacrés, relique vénérée,
Dans ce siècle pieux deviendraient un trésor,
Que l'on conserverait dans une châsse d'or,
Et que dévotement posséderait Mugnane !
Qu'à Naples, qu'à Venise, et surtout en Toscane,
Tous ceux qu'en leurs besoins auraient à vous recours,
Obtiendraient, sur le champ, un prompt et plein secours!
Qu'un jour même viendrait que la nouvelle France
Implorerait aussi votre sainte assistance ,
Et vous ferait dresser des autels somptueux
Où les chrétiens romains vous offriraient leurs vœux !
Qu'alors même Paris verrait sa souveraine,
Descendant elle aussi, quoique Napolitaine ,
Du preux Henri le Grand ! devant vous à genoux,
Implorer votre appui pour son Royal époux !

2

Qu'enfin dans tous les lieux, de Marseille à Surate,
Des peuples et des rois vous seriez l'avocate !
Ma fille, telle fut l'ample concession
Que vous fit le Sauveur en cette occasion.
Mais quoique dès ce jour vous possédiez la grâce
De féconder les lieux et protéger la race,
Où le père François vous a fait transporter,
Aux regards des humains Dieu voulut vous cacher
Jusqu'au temps qu'un héros, signalant sa clémence,
Rendit au Vatican son ancienne puissance,
Et fit de Jésus-Christ relever les autels !
Ses lauriers, que les cieux ont rendus éternels,
Ombragent de ses preux les glorieuses tombes !
C'est dans cet heureux temps qu'ouvrant les catacombes,
Le Pontife romain, après dix ans de deuil,
Fit solennellement retirer le cercueil,
Dans lequel reposaient vos reliques sacrées,
Au bonheur des humains à jamais consacrées,
Et conservant encor, malgré leur vétusté,
Une miraculeuse éclatante beauté,
Qu'inspirant du respect, charme pourtant la vue !
Votre admirable histoire, au Pontife inconnue,
Mit le sacré collége, en un double embarras,
Sur votre extraction et sur votre trépas !

Bien que ces cardinaux soient remplis de lumières,
Aucun d'eux n'expliquant les anciens caractères,
Qui, sur votre cercueil, conservant leur fraîcheur,
Laissent au temps présent ignorer leur valeur !
Ils firent appeler les gens scientifiques,
Habiles déchiffreurs des hiéroglyphiques,
Inventés par Hermès, chez les Egyptiens,
Dont ordinairement se servaient les païens,
Pour cacher les secrets de leur théogonie !
De Toulouse, d'Oxford, de Bâle et de Pavie,
Les savants professeurs de cette faculté,
Jaloux d'accréditer leur Université,
Partirent aussitôt, munis de leur diplôme,
Et sans perdre un instant se rendirent à Rome,
Où chacun d'eux croyait d'accroître son renom,
Expliquant le vrai sens de votre inscription,
Ornée en plusieurs lieux d'un signe hiéroglyphe,
Qu'aucun des cardinaux, pas même le Pontife,
Malgré leur grand savoir, ne pouvaient déchiffrer,
Et que ces érudits espéraient d'expliquer.
Mais en vain le savoir de ces hommes de lettres
Chercha de découvrir quels étaient vos ancêtres !
En quel temps, en quel lieu, vous reçûtes le jour !
Les nombreux examens qu'ils firent tour à tour

Ne purent éclairer leur profonde mémoire,

Savante sur les faits plus anciens de l'histoire,

Mais ne connaissant point ces vieux signes abstraits,

Renfermant en eux seuls les importants secrets,

Qui peuvent aujourd'hui donner quelque lumière

Sur les événements de votre vie entière.

Lassés d'alambiquer vainement leur esprit,

Sans déchiffrer le sens de cet ancien écrit,

Ils retournèrent tous, chacun dans leur patrie,

Poursuivre les travaux de leur profond génie !

Les uns, en Languedoc, faire admirer de Thou,

Expliquer Montesquieu, raisonner sur Besout.

Du savant Condillac enseigner la doctrine,

Exalter de Buffon la science divine !

Et, parmi les milliers d'admirables auteurs

Que la France a produits, célébrer les meilleurs ;

Surtout ceux qu'imitant les sages de la Grèce,

Ont fait dans leurs écrits éclater leur sagesse ;

Tels que les Fénélon, Lafontaine, Boileau,

Bossuet, d'Alembert, Labruyère et Rousseau !

Et tous ceux qui, féconds dans l'art de l'éloquence,

Ainsi que Bourdaloue, ont illustré la France !

De ce nombre est aussi le docte Massillon,

Qui s'acquit, à la cour, le plus fameux renom !

Avec tous ces savants leurs langues familières
Répandent chaque jour des torrents de lumières !
Et la docte Toulouse, assidue à leurs cours,
Ne cesse d'applaudir leurs sublimes discours !
Les Anglais, dégoûtés d'une telle entreprise,
Regagnèrent aussi les bords de la Tamise !
Furent, raffinant l'art de leur docte Bacon,
Élever jusqu'aux cieux le célèbre Newton !
Disserter sciemment sur les fables d'Ésope
Et vanter leurs Milton, Shakespeare et Pope !
Quand leur langue remonte au temps du grand Alfred,
Elle fait de ce roi l'admirable portrait !
Puis, en redescendant dans le siècle où nous sommes,
Afin de proclamer les plus illustres hommes,
Que la docte Angleterre a produits dans son sein,
De l'époque de Pit à celle de Canning !
Milord Castelréaghe, homme d'adroit génie,
Reçoit de ces docteurs une ample apologie !
Leur parole éloquente assez adroitement
Exalte tour-à-tour les lords du parlement;
Les applaudit d'avoir, par leur prépondérance,
Arrêté les progrès de la nouvelle France !
Voilà comment chacun des professeurs d'Oxford
Sait attirer sur lui la faveur de Windsor

Ceux qu'aux rives du Rhin, par leur profond génie,
De l'un à l'autre siècle illustrent l'Helvétie,
Retournèrent de même enseigner de nouveau,
L'art divin de Gesner, tirant de leur cerveau,
Des discours qui, limés par le flegme helvétique,
Font admirer de tous leur savante logique,
Et d'après les écrits du fameux Zimmerman,
Des célèbres Leibnitz, Gottsched et Winckelmann,
Ils soutiennent chacun le spiritualisme
Contre les partisans du matérialisme ;
Jaloux dans ce débat d'accroître leur renom,
Ils blâment de Tracy le système profond,
Jusqu'à vouloir prouver par leurs voix affidées,
Que ce n'est point des sens que naissent les idées ;
Qu'innées, disent-ils, au centre du cerveau,
Pour penser et agir elles ont ce qu'il faut,
Et que le Créateur, animant la matière,
S'est plu de la douer d'un rayon de lumière,
Qui sans cesse éclairant les mortels ici-bas,
Leur montre les écueils qui traversent leurs pas.
Voilà comment chacun de ces docteurs explique
Cet argument abstrait de la méthaphysique.
Mais la capacité de tous ces érudits
Manque de fondement pour baser leurs écrits,

Et malgré les progrès de leur savoir extrême,
Aucun d'eux jusqu'ici n'expliqua ce problème ;
Enfin les professeurs, qu'aux rives du Tésin,
Jouissent d'un crédit acquis de longue main,
N'ayant pas, eux non plus, la savante pratique
De lire clairement une hiéroglyphique,
Retournèrent aussi, sans perdre un seul instant,
Faire au sein de Pavie admirer leur talent,
Et reprirent chacun leurs études profondes
Dans l'espoir d'éclairer les peuples des deux mondes.
Mais le démon du mal trompant l'humanité,
Même aux yeux plus savants cache la vérité.
L'erreur du premier homme égare tous les autres,
Malgré que Jésus-Christ instruisant les apôtres,
Espérait, qu'au plus tôt leurs langages divins,
Dans un meilleur sentier conduiraient les humains,
L'activité du mal et l'humaine faiblesse
Retardent les progrès que ferait la sagesse,
Conduisent naufrager, en les couvrant de deuil,
Toutes les nations, contre le même écueil.
Ce déplorable sort, qu'attira sur lui l'homme,
Le jour qu'osant toucher à la fatale pomme,
Dans un dédale affreux il égara ses pas,
Livre tous les humains aux plus sanglants débats.

Mais en dépit du mal, croyez-le, Philomène,

Un jour, l'amour du bien, guidant l'espèce humaine,

Détruira les défauts qui dégradent le cœur,

Et fera triompher l'œuvre du Rédempteur.

En attendant ce temps, les docteurs de Pavie,

Jaloux d'éterniser leur sublime génie,

Cultivent le cerveau de leurs étudiants,

Leur rendent familiers les écrits des savants.

De chaque auteur fameux la gloire est rappelée,

Leur langue vante alors Malpighi, Galilée,

Le Dante, Borelli, Bocace et Guichardin,

Tous hommes renommés dont le savoir divin

Accrédite partout leurs immortels ouvrages.

Ces discours érudits, qu'applaudissent les sages,

Parmi les plus profonds tiennent le premier rang,

Sont surtout admirés par le monde savant.

Pourtant ces professeurs n'ayant, par leur génie,

Pu connaître les lieux où vous prîtes la vie,

Et le terme prescrit par le pouvoir divin

Qui gouverne le monde et règle le destin

Venant de s'expirer, Dieu voulut vous permettre

De descendre ici-bas pour vous faire connaître.

Révélant ce qui peut avoir quelque rapport,

Soit sur votre naissance et soit sur votre mort,

Depuis, chaque matin, aussitôt que l'aurore
Vient parfumer les fleurs que le jour fait éclore,
Sur les riants gazons et sur les prés fleuris
Qui parent, en tous lieux, ce gracieux pays,
L'on vous voit, chaque jour, descendant des montagnes,
Gagner d'un pas léger les fertiles campagnes,
Et faire, en parcourant ces vallons à propos,
Des révélations à vos pieux dévots,
Qui peuvent amplement instruire leur mémoire
Sur les faits glorieux de votre sainte histoire.
Par ce louable soin la terre de labour
N'ignore plus la ville où vous prîtes le jour,
Et sait que Publius, ami de votre père,
Voulant rendre fécond le sein de votre mère,
Leur fit promettre au ciel, avec solennité,
Qu'alors que cesserait cette stérilité,
Pour remercier Dieu de ce bienfait extrême,
Ils recevraient tous deux l'onction du baptême ;
Qu'abjurant dès ce jour le culte des païens,
Ils suivirent après celui des chrétiens.
Que sages souverains d'un Etat de la Grèce,
Dont plusieurs autres rois menaçaient la faiblesse,
Ne sachant pas à qui, contre eux, avoir recours,
Ils vinrent jusqu'à Rome implorer le secours

Du barbare empereur, qu'accueillant leur famille,
Fit après, sans pitié, martyriser leur fille.
Ces récits ont acquis de la publicité :
Pour accroître partout leur authenticité,
L'éminent cardinal, archevêque de Naples,
Dans un pamphlet touchant vante aussi vos miracles ;
Et cette renommée, allant de bourg en bourg,
Vient se corroborer dans les murs de Fribourg
Où le Prélat pieux qui, malgré les cabales,
Occupe le fauteuil de Saint François de Sales,
Déployant tout son zèle, augmente le crédit
Que l'Eglise Romaine accorde à cet écrit ;
Et pour le propager loin de son diocèse,
Traduit en allemand, même en langue française,
Il franchit à sa voix le Rhône et le Gardon,
Par le coche à vapeur est joint dans Avignon.
Là, par l'activité de ses imprimeries,
Cette ville en a fait plusieurs mille copies
Qu'on répand maintenant au gré de ce prélat,
En France, en Allemagne et d'Etat en Etat,
Jusques aux lieux lointains où le catholicisme
Se professe au milieu du luthérianisme.
Enfin, de ville en ville, en franchissant les mers,
Il parviendra bientôt au bout de l'univers.

Déjà les habitants de la vaste Gascogne,
Du fécond Languedoc, de la riche Bourgogne,
Lisent cet opuscule, et d'un respect profond
Aussitôt qu'on vous nomme ils inclinent le front.
Dès qu'il aura gagné les provinces voisines,
Des murs de Perpignan aux remparts de Malines,
On vous élèvera de somptueux autels
Où brûleront pour vous des parfums éternels.
Pour vous s'exhaleront, aux rives de la Sambre,
Les suaves odeurs du storax et de l'ambre ;
Et les peuples de France et tous ceux du Brabant
Vous intercèderont le plus dévotement.
Mais avant de vous voir ici-bas établie
Chez les Normands subtils et dans l'Andalousie,
Je désire ardemment de vous entretenir
Sur ce qui vous convient de faire à l'avenir.
Puisqu'à peine, en ce port, vous avez eu l'entrée,
Montant d'un pas léger ma montagne sacrée,
Vous venez aussitôt, sous le plus humble aspect,
Remplir auprès de moi votre acte de respect,
Vous serrant dans mes bras, ma chère Philomène,
Je vous engage ici de passer la huitaine,
Et chaque jour, ma fille, après que mes dévots,
Sortant de ma chapelle, iront à leurs travaux,

Assises, toutes deux, sous quelque frais ombrage
D'où l'œil puisse embrasser ce merveilleux rivage,
Et voir sur l'horizon le coucher du soleil ;
Ma voix vous donnera mon maternel conseil.
Pour mieux illuminer votre jeune mémoire,
Vous faisant des humains l'universelle histoire,
Je vous dirai comment toutes les nations
Engendrent dans leur sein les révolutions ;
Comment l'esprit du mal, pour désoler la terre,
A livré les mortels aux fléaux de la guerre ;
Et comment jusqu'ici, de malheurs en malheurs,
Les peuples, d'un à l'autre, ont transmis leurs erreurs.
Ma fille, chacun d'eux nourrit dès sa naissance
Le germe de ses maux jusqu'à sa décadence.
Tous, malgré leurs efforts, courent après, en vain,
Du bonheur qu'ici-bas leur promet le destin.
Car de l'humain orgueil la trompeuse chimère
N'a pour guider leurs pas qu'une fausse lumière.
L'on se flattait qu'un jour les savants de Paris
Auraient par leur doctrine éclairé les esprits
Et fait dans l'univers triompher la sagesse.
Mais, hélas, le démon qui désola la Grèce
Me fait craindre qu'aussi, quelque acharné débat
Dans un volcan pareil n'entraîne cet Etat.

La discorde, à Paris, funeste autant qu'à Rome,
Depuis quatre-vingt neuf désole ce royaume ;
Et l'esprit de parti qui fomente le mal,
L'eût englouti cent fois dans ce gouffre fatal,
Si ma puissante main, je vous le dis, ma fille,
N'eut à temps secouru cette grande famille.
Protègez, vous aussi, ce peuple industrieux,
Unissez-vous à moi pour dessiller ses yeux.
Méritons à jamais la gloire sans pareille
D'avoir sauvé la France et fait fleurir Marseille.
Philomène, à ce point j'arrête mon discours,
Demain quand le soleil dorera ces contours,
Pour y mûrir les fruits abondants de l'automne,
Trésor des beaux coteaux qui dominent l'Huveaune,
Je reprendrai le fil de ce touchant récit.
En méditant sur tout ce que je vous ai dit,
Suivez de point en point cet important exorde.
Ah ! puissions-nous ensemble apaiser la discorde,
Et par les doux liens de l'amour fraternel,
Assurer aux Français un bonheur éternel.

DEUXIÈME JOURNÉE.

La Vierge, après la description de la montagne où elle est érigée, commence le récit de l'histoire, par la création du premier homme, sa chute, le meurtre d'Abel; Caïn, sans remords, s'engouffre toujours plus dans l'affreux labyrinthe du mal. Le démon, jaloux d'accroître les maux de la créature, vomit la discorde sur la terre; son venin infernal ne peut corrompre, ni pervertir le cœur du vertueux Hénoch; il fut élevé au ciel pour la constance avec laquelle il se conserva fidèle aux lois du créateur. Perversité de la première race; les crimes s'accroissent ainsi qu'elle; Dieu pour la punir envoie le déluge. Noé et sa famille sauvés dans l'arche salutaire. Réflexions de la sainte Vierge sur ce juste châtiment. L'arche joint le mont Ararath. Noé cultive les collines, plante la vigne, etc., etc., etc. Tous les faits les plus remarquables jusqu'à la Tour de Babel, etc., etc., etc.

Quoique cette montagne où je suis érigée,

De cèdres du Liban ne soit point ombragée,

Qu'on n'y puisse point voir, comme sur l'Apennin,

Croître pompeusement le hêtre et le sapin,

Dans toutes les saisons l'air pur qu'on y respire

Charme les Marseillais, près de moi les attire;

Plusieurs même voulant me prouver leur amour,

Se font un vrai plaisir d'embellir ce séjour;

Et malgré l'âpreté de ces rochers arides,
Voyez combien déjà de superbes bastides
Ils ont fait, sur ce mont, élever à grands frais;
Partout sous l'amandier on respire le frais,
Devant chaque maison, des treillards agréables
Ombragent des amis et leurs frugales tables.
Tous aiment habiter ces gracieux enclos.
L'on voit ici, les jours destinés au repos
Venir se délasser, tout proche de la ville,
D'honnêtes citoyens qui, dans ce lieu tranquille,
Préfèrent, loin du bruit, sans ostentation,
Prendre paisiblement leur récréation.
Qu'il m'est doux de les voir livrés à l'allégresse
Sans quitter le sentier que prescrit la sagesse.
Si quelques fois, chez eux, le son du tambourin
A leur repas frugal donne l'air d'un festin,
C'est la douce gaîté que l'amitié fait naître
Qui, sans cérémonie, impromptu un bal champêtre
Qu'aussitôt les voisins s'empressent de grossir;
Moi-même je bénis leur innocent plaisir.
Plaçons-nous sous ces pins, leur abondant feuillage
A toute heure du jour offre un parfait ombrage;
Ici, tout près de moi, veuillez bien vous asseoir,
Sous cet abri charmant nous attendrons le soir.

Mais, ma fille, tandis que je vais prendre haleine,
Parcourez vos regards sur cette vaste plaine
Qui s'étend devant nous claire comme un cristal ,
Se part des Catalans, dépasse le fanal
Et va joindre le Rhône au delà des Martigues.
Les bords délicieux qui lui servent de digues
Charmaient anciennement l'élite des romains.
Avant de commencer l'histoire des humains,
Je dois vous prévenir que j'ignore moi-même
Les secrets éternels du créateur suprême,
Qui peut, en un clin-d'œil, détruire l'univers
Ou tirer du néant mille mondes divers,
A l'éclat de sa foudre opérer des réformes,
Des astres les plus grands modifier les formes ,
Sans que la volonté de ce maître divin
Arrête un seul instant la marche du destin,
Ni suspende le cours de la lumière pure
Qui, soumise à ses lois, éclaire la nature ,
Fertilise du Pô le pays renommé,
Sans altérer les pas de son char enflammé,
Arrive, chaque jour, du confin de l'Asie,
Traverse l'Hellespont, la France, l'Hibernie ;
Sa chaleur efficace élève jusqu'aux cieux
La vapeur qui retombe et féconde les lieux.

3

Ineffable bienfait de la bonté divine!
Bienheureux le mortel qui comprend sa doctrine :
Son cœur, inaccessible aux ordures du fiel,
Se conserve fidèle aux justes lois du ciel!
Je vais reprendre ici le cours de mes paroles,
Supprimant du discours les faits les plus frivoles,
Je vous raconterai la seule vérité ,
Claire, toujours naïve et sans prolixité ;
Commençant mon récit du Livre de Moïse
Qui sert encor de base à notre sainte Église,
Pour majeure clarté de ma narration
Je vais partir du jour de la création,
Où la main du Seigneur pétrit l'homme d'argile :
Cet être ainsi créé de matière fragile
Reçut, dès sa naissance, un salutaire appui ,
La raison, qu'ici-bas l'éclaire et le conduit.
Si, d'après ce flambeau qui doit guider son être,
Il avait de bonne heure appris à se connaître,
Marchant à sa clarté d'un pas toujours égal
Il n'eut jamais tombé dans les pièges du mal !
Si, d'après les besoins que donne l'existence,
Il avait observé, par son expérience,
Quel est le sentiment plus noble de son cœur,
L'amour du bien eut fait à jamais son bonheur.

Mais, faible, paresseux, négligeant, sans courage,
Il ne profita pas de ce bel avantage ;
Son esprit, que le mal rendait présomptueux,
Même au sein du bonheur se trouvait malheureux.
Parcourant tout le jour sa superbe campagne,
Tantôt seul et tantôt suivi de sa compagne,
Si parfois, le hasard, vers la voûte des cieux
Levait, nonchalamment, leurs regards curieux,
Malgré tout son éclat, leur lâche insouciance
N'y reconnaissait pas l'auguste résidence
De l'artiste Éternel ! qu'en réglant la chaleur
Fait, par l'impulsion d'une immense vapeur,
Mouvoir, d'après ses lois, le divin mécanisme
Que n'a jamais compris l'absurde paganisme !
En négligeant ainsi le feu de la raison,
Ils ne prévirent point l'embûche du démon ;
Lui, qui suivait leurs pas, dans ce danger extrême,
Usant, pour les tromper, du plus vil stratagème,
Les fit contrevenir aux lois du créateur.
Aussitôt son poison pénétrant dans leur cœur
Rendit à tous les deux cette chute fatale :
Il dirigea leurs pas vers l'infernal dédale
Où cet esprit malin forge les passions,
Et tourmente en tout temps les générations.

Caïn, leur premier né, jaloux et téméraire,
Devint cruellement l'assassin de son frère !
Quoique depuis ce jour le sang du juste Abel
Reprochait à son cœur ce transport criminel,
Ce coupable assassin sans remords et sans crainte
S'engouffra toujours plus dans l'affreux labyrinthe,
Où le démon du mal, lui fascinant les yeux,
Semblait cacher son crime au Souverain des cieux !
Misérable penser d'une âme puérile,
Le crime devant lui ne trouve point d'asile ;
Dans les replis du cœur, la noire iniquité
Ne saurait à ses yeux cacher la vérité !
Et, pour fuir son regard, la fausse politique
A vainement construit le lieu diabolique
Où ses fourbes agents machinent leurs projets.
Dieu même est dans ce lieu témoin de leurs secrets ;
Il les voit, chaque jour, dans ce maudit repaire,
Sans craindre d'augmenter la publique misère,
Combler les intrigants de richesse et d'honneur !
C'est ainsi que le mal, de l'une à l'autre erreur,
Depuis le premier homme avilit cette terre,
Livre ses habitants aux fléaux de la guerre ;
L'intérêt, la luxure et l'exécrable orgueil
Corrompent les humains, les plongent dans le deuil.

Pour accroître leurs maux, la terrible discorde
Entrave les progrès que ferait la concorde;
Les perfides serpents de ce monstre infernal
Paralysant le bien, font triompher le mal.
Cependant, en ce temps d'excessive faiblesse,
Le démon put jamais corrompre la sagesse,
Ni pervertir le cœur du vertueux Hénoch!
Son âme imperturbable, aussi ferme qu'un roc,
Malgré tous les assauts de cet esprit immonde,
Se conserva fidèle au créateur du monde;
Élevé dans le ciel pour prix de ses bienfaits,
Il jouit dès ce jour d'une éternelle paix.
De l'homme vertueux telle est la récompense!
Dieu ne refuse pas sa divine assistance
A ceux qui, pénétrés du pur amour du bien,
Dans le plus grand danger implorent son soutien.
Quoiqu'invisible aux yeux, sa main miraculeuse
S'empresse à les guider sur la route orageuse
Où le démon du mal, à force d'embarras,
Pourrait, sans ce secours, faire échouer leurs pas.
Mais la présomption d'une âme pécheresse
Se moque du péril que l'humaine faiblesse
Sans le secours du ciel ne saurait éviter!
Sa dépravation affronte le danger;

Elle suit le chemin où son penchant l'égare,
Sans prévoir les écueils que le mal lui prépare.
Dans cet égarement, l'affreux esprit du mal
Accoutume ses yeux sur l'abîme infernal.
Tels étaient les humains qu'alors peuplaient le monde,
N'implorant point du ciel la sagesse profonde ;
Les crimes, ainsi qu'eux, s'accroissaient chaque jour
Et faisaient de la terre un infernal séjour.
La raison, noble appui de la frêle matière,
Ne prêtait plus qu'en vain sa divine lumière ;
Sourds à sa douce voix, constants dans leur erreur.
Ces hommes pervertis, bravant le créateur,
Laissaient multiplier le crime d'âge en âge
Et dégradaient ainsi son admirable ouvrage,
Sans que jamais du ciel la divine clarté
Leur fit ouvrir les yeux sur leur perversité.
La dépravation rendait leur âme impure,
Étouffait dans leur cœur la voix de la nature,
Livrant ainsi leur race à la perversion
Elle hâtait le jour de sa punition.
Malgré plusieurs fléaux, la docte expérience
Ne put, d'un seul remords, toucher leur conscience.
Lorsqu'une fois le cœur s'est imbibé de fiel,
Il devient insensible aux sages lois du ciel !

Voilà comment le mal trompa la créature !
L'exécrable démon qui la rendit parjure,
Avait tant affaibli la vertu dans son cœur
Qu'elle n'écoutai plus que son vil séducteur ;
Se laissait dès-lors choir de faiblesse en faiblesse
Sans jamais implorer la divine sagesse !
Et son affreux penchant pour la lubricité
Mettait enfin le comble à sa brutalité.

Le divin créateur, témoin de tant de crimes,
Voyant l'homme obstiné sur le bord des abîmes,
Repousser, sans frémir, sa paternelle voix,
D'après l'ordre éternel de ses divines lois,
Appesantit sa main sur cet être insensible ;
Aussitôt sur la terre un déluge terrible,
Pendant près de trois cent et soixante-sept jours,
Submergea l'univers, fit périr sans secours
La génération indigne de sa grâce !
Un, seulement, Noé, mérita que sa race
Pour échapper aux eaux, qui s'élevant des mers,
Retombaient en torrent inonder l'univers,
Fut placée, avec lui, dans la salutaire arche,
Que construisit exprès ce sage patriarche,
Six mois auparavant, quand la voix du Seigneur,
Voulant le préserver du fléau destructeur.

Le prévint que sous peu le feu dilatant l'onde,
Jusqu'au dessus des monts submergerait le monde!
Noé, toujours fidèle à son commandement,
Dans cette arche enfermé, vit périr en flottant,
La race que le mal rendait en tout parjure!
Jusqu'au dernier moment, outrageant la nature,
Elle prêta l'oreille à la voix du démon,
Et son cœur sans remords demeura sans pardon!
Ce juste châtiment de la race coupable,
Même encore aujourd'hui sert d'exemple effroyable!
La terre n'en perdra jamais le souvenir!
Malgré que l'Éternel ait dit, qu'à l'avenir,
Quels que soient les griefs de la faiblesse humaine,
L'homme ne subira plus une égale peine,
Lorsque dans l'atmosphère ou bien au firmament,
Quelque grand phénomène est visible un moment,
Le monde peureux tremble, une terreur panique,
De la Scandinavie à la Mer Pacifique,
Frappe les habitants! tous, les larmes au yeux,
Aux pieds des saints autels intercèdent les cieux,
Et sentent un instant le remords de leurs crimes ;
Le démon, qui les rend ainsi pusillanimes,
Ne peut entièrement détruire dans leur cœur
Le doux amour du bien fidèle au Créateur ;

La foi, la charité, et surtout l'espérance,
Qui dans l'affliction soulage la souffrance!
Ces vertus que grava dans le cœur l'Éternel,
Malgré l'affreux penchant de l'homme criminel,
Ne sauraient par le mal être à fond effacées;
Les ordures du fiel qu'il y tient entassées,
Exposant les mortels aux coupables excès,
Des célestes vertus retardent les progrès
Et rendent les humains toujours plus misérables!
Instruits par leurs malheurs, un jour plus raisonnables,
Reconnaissant enfin la cause de leurs maux,
Ils se réuniront pour faire à leurs défauts
Une guerre implacable et leur persévérance
Détruira les erreurs qu'enfanta l'ignorance!
Mais avant d'obtenir cet important succès,
Il faut que leur savoir éclairé par degrés,
De lumière en lumière, acquière la sagesse,
Qui peut seule aider l'homme à dompter sa faiblesse,
Et le soumettre en tout aux lois de la raison.
C'est seulement alors que vainqueur du démon,
Il obtiendra sur lui cette auguste victoire,
Plus glorieuse encor de celles que l'histoire
Vante avec tant d'emphase, en célébrant les preux.
Héros idolâtrés des peuples belliqueux,

Qui, perfectionnant l'art affreux de la guerre,
Sur leur char désastreux vont ravager la terre,
Sans pourtant que jamais, le prix de leur valeur
Leur laisse un seul moment goûter le vrai bonheur!
Car de l'esprit malin l'implacable rancune,
Malgré leurs beaux lauriers, vient troubler leur fortune,
Pour traverser en tout le succès glorieux,
Que doit obtenir l'homme, à la gloire des cieux.
Raffinant chaque jour ses malins artifices,
Il augmente, ici-bas, les erreurs et les vices,
En forge, à chaque instant, dans son antre fatal,
Qu'on ne dirait jamais être l'œuvre du mal ;
Pour noircir devant Dieu les actions pieuses,
Il sait, par son poison, les rendre vaniteuses.
Ce démon, infernal ennemi des mortels,
Tâche de rendre ainsi tous leurs maux éternels,
De ce malin esprit telle est l'affreuse envie !
Opposant son poison à l'auteur de la vie,
Il ose se flatter qu'activant le méfait,
Il rendra son ouvrage, un ouvrage imparfait !
Cependant de Noé la famille nombreuse,
Après avoir flotté dans l'arche merveilleuse,
Jusqu'au jour que finit l'effroyable dégât,
Conduite par le Ciel au pays d'Ararath,

Elle habita d'abord une belle vallée,
Par les eaux de l'Euphrate en tout lieu ruisselée
Utile à ses besoins, ses bras industrieux,
Labourant aussitôt les champs spacieux,
Couvrirent de moissons ces campagnes fertiles.
Tant qu'à l'esprit du bien ils furent tous dociles.
Leur cœur se préserva de poison corrupteur,
Qui rend l'âme insensible aux lois du Créateur!
Noé, de son côté, cultivait les collines,
Jusque vers leurs milieux les parsemait de vignes,
Il y faisait aussi prospérer les figuiers.
Couronnait leurs sommets d'utiles châtaigniers,
Et, formait par ses soins des berceaux de verdure,
Qu'ombrageant ces beaux lieux y charmaient la nature !
Puis, lorsque dans l'été les rayons du soleil
Avaient, sur ces côteaux, rendu le fruit vermeil,
Il cueillait de sa main la grappe transparente.
Et savourait de cœur sa liqueur excellente !
Un jour le goût exquis du raisin précieux,
Que sa maturité rendait délicieux,
Charmait, sous un abri, ce vieillard respectable,
L'agréable saveur de son suc délectable
Lui fit trop longuement presser avec la main,
Les grappes dont sa bouche humait le jus divin !

Aussitôt dans son corps, une chaleur soudaine
Fit chanceler ses pas, passa de veine en veine,
Se dépouillant alors de tous ses vêtements,
Il tomba, s'endormit presque privé de sens.
Cham le vit le premier dans cet état d'ivresse;
Ce fils dénaturé, sans respect, sans tendresse,
Oublia tout-à-fait son devoir filial!
Se laissant lâchement entraîner par le mal,
Trouva Sem et Japhet, et d'un ton téméraire,
Montrant la nudité de leur vertueux père,
L'apostropha, riant, avec un air moqueur;
Ses frères, que sa voix pénétrait de douleur,
Condamnèrent tous deux sa langue scandaleuse!
Et charitablement, d'une main vertueuse,
En refusant de voir ce spectacle nouveau,
Furent de reculons le couvrir d'un manteau!
Dieu bénit à l'instant leur prudente conduite!
Cham, honteux de sa faute, espérait par la fuite,
Eviter de Noé le juste châtiment.
Ce père, exaspéré, dans son ressentiment,
Se laissant transporter à l'excès de colère,
Prononça, contre lui, l'arrêt le plus sévère,
Qui devait, le frappant de malédiction,
Punir à l'infini sa génération!

Le divin Créateur qu'un seul repentir touche,
N'approuvant point l'arrêt fulminant de sa bouche,
Voulut, quand le remords eut pénétré le cœur
De ce fils qui railla son père sans pudeur,
Que Noé, d'une voix miséricordieuse,
Révoqua, sur le champ, sa sentence odieuse,
Et que le repentir de ce fils malheureux
Trouva dans son amour un pardon généreux !
O modération ! sentiment admirable,
Qu'aux yeux du Créateur rend l'homme raisonnable,
C'est toi, qu'en mitigeant la colère du cœur,
Préviens tous les excès d'une atroce fureur !
Mais Sem, Cham et Japhet en repeuplant la terre,
Des plaines de la Chine aux bords de l'Angleterre,
Partagèrent entr'eux tout l'immense pays !
Les liens fraternels qui les tenaient unis,
Firent fleurir partout ces contrées fertiles.
La paisible opulence édifia des villes,
Sur le penchant fécond des gracieux coteaux,
Où vers les riches bords des fleuves, dont les eaux,
Avec rapidité, descendant des montagnes,
Arrosent sur leurs bords, les fertiles campagnes !
Et coulent maintenant, en plusieurs lieux divers,
Ombragées d'ormeaux jusques auprès des mers !

Sous de nombreux vaisseaux chargés de marchandise.

Tels qu'on voit sur le Rhin, la Seine et la Tamise,

En se multipliant la paix régnait entre eux,

Et l'amour fraternel les rendait tous heureux !

Dans leurs paisibles murs, l'infernale discorde

Ne parvenait jamais à troubler leur concorde !

Cette douce union faisait que, constamment,

Chacun d'eux concourait, avec un zèle arden',

Au commun intérêt, au général bien-être !

Sans qu'aucun d'eux chercha à s'ériger en maître,

Tous, généralement, aimaient la liberté !

Et surtout respectaient la juste égalité.

A cette heureuse époque, ici-bas, Philomène,

L'auguste loi du Ciel régnait en souveraine,

Et des sages humains réglait les actions !

Le germe destructeur des révolutions,

Qa'en tous lieux aujourd'hui sur cette terre abonde,

Ne troublait point encor le doux repos du monde;

Les hommes de ce temps cultivaient dans leur cœur,

Le doux amour du bien, source de tout bonheur.

A peine leur esprit commençait à connaître,

Qu'ils en rendaient hommage à l'auteur de leur être,

Lui, qui les observait de son trône éternel,

Suivant le doux transport de son cœur paternel,

Leur accordait à tous sa divine assistance,
Sur leurs prés, sur leurs champs, répandait l'abondance !
Mais l'ennemi du bien, jaloux de ce bonheur,
Mettant sa gloire inique à corrompre leur cœur,
Méditait sans repos les moyens exécrables,
D'affaiblir leurs vertus et les rendre coupables !
Dans son infâme ardeur ce monstre des enfers,
Exhalant son poison sur ce vaste univers,
Pour induire en erreur ses nouvelles victimes,
De l'infernal réduit où se forgent les crimes,
Il leur vomit l'orgueil au front audacieux !
Sa trompeuse chimère éblouissant les yeux,
Eut bientôt triomphé de la faiblesse humaine.
Depuis ce jour fatal mille sujets de haine
Des malheureux humains troublèrent le repos,
Et le tien et le mien, causes de tant de maux,
Furent dès ce moment établis sur la terre !
Continuels motifs de scandale et de guerre,
Après avoir partout détruit l'égalité,
Ils firent dans les cœurs naître la vanité !
L'avide ambition et la cruelle envie,
Tous les défauts, surtout la sombre jalousie,
Firent, chez les mortels, de rapides progrès.
Le mal pour assurer son infernal succès

Rendait par son venin cette race cruelle,
Et contre elle irritait la justice éternelle.
Les hommes la plupart devenus vicieux,
Violaient sans frémir les préceptes des Cieux !
Et c'est pour se soustraire à leur juste colère,
Qu'ils osèrent former le projet téméraire,
D'élever en Syrie, une aussi haute tour,
Qui put par sa hauteur les préserver un jour,
De la punition sévère, épouvantable,
Dont le seul souvenir fait trembler le coupable !
Ayant à cet effet fabriqué de leurs mains
Les briques qui devaient servir à leurs desseins,
Sans le moindre retard commencèrent leurs œuvres ;
Les uns maîtres maçons et les autres manœuvres
Creusèrent tous ensemble un profond fondement,
Et bâtirent dessus l'énorme monument,
Qu'après deux cent vingt mois, au dire de Moïse,
Son élévation excitait la surprise !
Jugez combien d'en haut devaient pouvoir leurs yeux,
Découvrir jusqu'au loin les plaines de ces lieux !
Enfin cette hauteur fut tellement accrue,
Qu'elle arrivait, dit-il, jusqu'à perte de vue,
Lorsque le Créateur, gravement offensé,
De voir exécuter le projet insensé !

Qu'avait pu concevoir cette bande coupable,
Pour fuir le châtiment de sa main redoutable,
Voulut, par un effet de son divin pouvoir,
Détruire, en un instant, ce criminel espoir.
Pour les empêcher tous d'achever cet ouvrage,
Il fit, dès ce moment, confondre leur langage
Au point de ne pouvoir plus se comprendre entre eux ;
Vingt jargons différents, tous pires que l'hébreux,
Par leur confusion offusquèrent leur tête !
Chacun, langue par langue, opéra sa retraite.
Se séparant ainsi tels que des ennemis,
Ils furent s'établir en différents pays ;
Les uns vers l'Indostan, les autres vers la Grèce.
C'est ainsi qu'en ce jour, fuyant dans la détresse,
Ils laissèrent au monde un exemple éternel,
Et leur fameuse tour prit le nom de Babel.
Mais le démon du mal, persécuteur de l'homme,
Qui des maux de la terre aime à grossir la somme,
Profitant à propos de leur confusion,
Les fit au même instant former en nation.
Pour faire naître entr'eux la mésintelligence,
Il vomit dans leur sein la noire méfiance ;
C'est elle qui nourrit les soupçons ombrageux
Qui d'un nain font souvent un géant monstrueux,

Obsède les esprits, les martelle sans cesse,
Tourmente la misère, ainsi que la richesse ;
Lorsqu'elle a des humains envahi les cerveaux,
Elle leur laisse plus un instant de repos.
Voilà comment ce monstre alambique les têtes,
Fait surtout craindre aux rois des intrigues secrètes,
Soit contre leur personne, ou leur gouvernement.
Pour leur rendre encor plus ce danger effrayant,
Elle fait naître en eux les soupçons chimériques
Qui leur font suspecter des projets politiques
Formés à leur insu par d'autres rois voisins ;
Ceux-ci craignant comme eux voir rompre leurs confins,
Mettent de leur côté leurs peuples en alarmes.
Tous s'entre-méfiant prennent alors les armes,
Se livrent sans motifs des combats criminels,
C'est ainsi que le mal se moque des mortels ;
Pour mieux se jouer d'eux, dans chaque capitale,
Il leur fait raffiner sa malice infernale,
Et les rend toujours plus l'un de l'autre envieux.
C'est sans doute d'après ce système odieux,
Que l'on croit aujourd'hui ne devoir plus s'instruire
Que pour subtiliser le moyen de se nuire !
Le savoir, sur ce point, a fait de grands progrès ;
En Europe, surtout, à peu de chose près,

Au nord, comme au midi, les hommes de lumière
Se torturent l'esprit pour trouver la manière
D'épier finement les affaires d'autrui,
Quelle est l'opinion qu'il professe aujourd'hui ;
Car l'on voit bien de gens, même vers la Tamise,
Changer d'opinion tout comme de chemise ;
Ces hommes inconstants, dangereux au pouvoir,
Ce qu'ils font le matin ils le défont le soir.
Cette frivolité de leur tête légère
A fait, plus d'une fois, crouler un ministère !
Surtout dans les pays où le gouvernement
Est contraint de lutter continuellement
Contre des factieux qui, l'attaquant sans cesse,
Par ces défections accablent sa faiblesse.
Cependant, le pouvoir plus hautement placé,
En mettant à profit l'exemple du passé,
Sait faire agir sur eux sa police secrète ;
Pour prévenir à temps la terrible tempête,
Il soudoie à grands frais un grand nombre d'agents
Mis en activité sur tous les continents ;
Observateurs adroits, qu'en parcourant le monde,
Savent cacher aux yeux leur finesse profonde,
Vont même aux lieux plus loin secrètement trouver
Les trames des complots, qu'en traversant la mer

Ont leur aboutissant au nord de l'Amérique ;
Quoique étrangers aux lieux leur savante pratique
Les met bientôt au fait de ces peuples lointains.
C'est en cachant ainsi dextrement leurs desseins
Qu'ils parviennent au point de gagner sans mesure
Des gens plus comme il faut l'amitié la plus pure ;
Savent feindre, en parlant, tant de simplicité,
Qu'ils donnent à leur dire un air de vérité
Qui séduit le public ; leur affable éloquence
Des hommes plus experts trompe l'intelligence,
Et tandis que chacun admire leur talent,
Ils voient, observent tout, même l'herbe en naissant.
Si parfois il advient qu'une fine parole
Embrouille leur esprit, l'intrigue et le désole,
Que malgré leur savoir à connaître les gens
Ils ne se puissent point en expliquer le sens,
Sans trop se torturer, pour éclaircir ce doute,
Ce qui manque à savoir leur finesse l'ajoute ;
Aussi, quand ces agents font le rapport d'un fait,
Ils le peignent si bien qu'il semble alors parfait.
A quel triste métier le mal a réduit l'homme !
Quel que soit le pays, sans même excepter Rome,
La plupart sont contraints, par ce sort malheureux,
A devoir, jour et nuit, s'espionner entre eux ;

Et comme quasi tous sont rongés par l'envie,
Ils nuisent encor plus au repos de leur vie ;
Enfin, tous ces défauts, qu'ils ont jusqu'à la mort,
Font , qu'au lieu d'adoucir ils aggravent leur sort.
Telle du genre humain, ma fille, est l'existence ;
L'infernal intérêt, l'orgueil, l'intempérance,
Avilissent le cœur dès le premier instant,
Combattent les vertus jusqu'au dernier moment.
Cependant l'on en voit, croyez-le, Philomène,
Qui savent résister à la faiblesse humaine !
Et malgré que le mal, ce démon corrupteur,
Use tous les moyens pour séduire leur cœur,
Ni son activité, ni sa maligne adresse,
Ne peuvent parvenir d'affaiblir leur sagesse.
Ces hommes que le ciel se plaît à protéger,
En tout temps, en tous lieux, savent se préserver
De la corruption du démon exécrable
Qui, devant l'éternel, rend le mortel coupable.
L'imperturbable cœur de ces hommes pieux
Fait l'honneur de la terre et la gloire des cieux ;
L'on admire partout leur conduite exemplaire !
Ceux même qu'ici-bas se plaisent à malfaire,
Sont contraints d'avouer que tout homme de bien,
Quel que soit son état, a le ciel pour soutien,

Que dans tous ses besoins la divine justice
Lui tend bénignement une main protectrice ;
Et cette vérité qu'on ne peut contester,
Finira puis un jour par les tous corriger.
Mais l'astre merveilleux poursuivant sa carrière,
Dans les flots agités va plonger sa lumière !
Il semble avec regret s'éloigner de ce port,
Jusqu'à son dernier pas il brille sur mon fort ;
Par son globe de feu la mer étincelante
Fait aussi resplendir cette côte charmante ;
Bientôt la nuit viendra déployer ses rideaux
Et des nombreux chantiers suspendra les travaux.
Puisse-t-elle ne pas être témoin d'orages !
Ce soir que l'horizon se trouve sans nuages
Le crépuscule semble enflammer l'occident
Et donne à cette ville un coup-d'œil surprenant :
Voyez, jusqu'au lointain, combien l'onde pourprée
Rejaillit son éclat sur toute la contrée ;
Cet effet séduisant qui charme le regard
S'étend encor plus loin du haut de mon rempart.
Profitons à propos d'une vue aussi belle,
Et sans presser nos pas regagnons ma chapelle ;
Là, votre jeune esprit pourra, pendant la nuit,
Sur ma narration méditer avec fruit.

TROISIÈME JOURNÉE.

Fondation de Babylone; celle de Ninive par Assur. Règne de Ninus
et de Sémiramis. Vocation d'Abraham. Histoire de Jacob: celle
de Joseph en Egypte. La naissance de Moïse. Tous les faits principaux de l'histoire des Hébreux jusqu'à la prise de Jéricho,
etc., etc., etc.

A peine dans les cieux brille, vers le Bosphore,

L'étoile du matin courrière de l'aurore,

Le coq, battant de l'aile et sortant du sommeil,

Invite par son chant les humains au réveil !

Alors les gens pieux de cette grande ville

Avertis par sa voix sortent de leur asile ;

Tâchent, en se pressant au gré de leur amour,

De joindre à ma chapelle aussitôt que le jour.

Ce n'est qu'après m'avoir adressé leurs prières,

Qu'ils s'en retournent tous vaquer à leurs affaires.

Partout les gens de mer, pêcheurs et matelots,

Me sont, ma chère fille, extrêmement dévots ;

Mais ici, pas un d'eux s'éloigne du rivage

Sans m'avoir confié le sort de son voyage,

Et ma protection, qu'il implore en partant,

L'encourage à braver le danger le plus grand.

Quel que soit le climat où son vaisseau le porte,
De nuit comme de jour, mon appui le conforte ;
Il me trouve en tout temps prompte à le secourir.
Un nocher, jeune encor, qui demain doit partir,
Est venu, ce matin, sans le moindre artifice,
Me prier instamment d'être sa protectrice ;
Il m'a recommandé, les yeux baignés de pleurs,
Sa mère, son épouse et ses deux jeunes sœurs :
Elles n'ont, m'a-t-il dit, que moi seul sur la terre ;
Mon père, qui n'est plus, était natif de Berre,
Depuis qu'à Navarin il reçut le trépas,
Ma famille n'a plus d'autre aide que mes bras ;
Daigne par ton appui, très sainte bonne mère,
Protéger mon voyage et le rendre prospère,
Afin que le plus tôt de retour dans ce port
Je puisse, avec mon gain, améliorer leur sort.
De ce fils vertueux je deviens protectrice,
Et ferai qu'en tous lieux Jésus-Christ le bénisse !
Arrêtons-nous ici : de ce vallon charmant
Qui n'est pas éloigné de l'âpre rocher blanc,
On voit le beau château qui, près de Bonneveine,
Majestueusement s'élève dans la plaine ;
Le sage Borrély le fit édifier.
Cet homme, qu'on ne peut assez glorifier,

Fut riche sans orgueil; ami de son semblable,
Il tendait au besoin une main secourable.
De son vivant, le jour ne finissait jamais
Sans être plusieurs fois témoin de ses bienfaits;
Aussi, la main du ciel le protégeait sans cesse.
Chaque jour la fortune augmentait sa richesse,
Plus il avait de bien, plus son cœur généreux
Cherchait le moyen d'être utile aux malheureux.
Puisse à jamais Marseille honorer sa mémoire!
Apprenez maintenant que de Cham, dit l'histoire,
Naquit le preux Nemrod, intrépide chasseur,
Qui conserva son âme agréable au Seigneur!
Sa force, son adresse et surtout son courage,
Lui faisaient affronter la bête plus sauvage;
L'amour qu'il inspirait à ses contemporains
Attirait près de lui la plupart des humains;
L'on accourait de loin se joindre à sa personne.
C'est lui qui, près l'Euphrate, éleva Babylone,
Et sut pendant longtemps jouir de cet honneur
Sans violer les lois du divin créateur.
Assur, bientôt après, édifia Ninive;
Il construisit ses murs sur la plus belle rive
Que les ondes du Tigre arrosent dans leurs cours.
L'ambitieux Ninus y fit bâtir des tours

Qui rendirent alors son pouvoir formidable.
Ce monarque orgueilleux, sous son joug détestable,
Fit fléchir à son gré les gens de ce pays ;
Dès qu'à ses dures lois ils furent tous soumis,
Jaloux d'accroître plus sa royale puissance,
Il osa les priver de leur indépendance.
C'est ainsi que les gens les moins malicieux
Ont passé sous le joug des plus audacieux,
Et d'abus en abus, avilissant leur vie,
Ils sont devenus serfs de l'aristocratie !
L'insatiable soif qu'il avait de l'argent
Le rendait le fléau du Caucase au Liban ;
Toujours plus envieux d'enrichir sa couronne
Il fut jusqu'à l'Euphrate asservir Babylone.
En violant ainsi le droit de ses voisins
Il attira sur lui la haine des humains.
Aussi, dans son palais, la noire perfidie
Fit périr ce tyran à la fleur de sa vie ;
De cet ambitieux tel fut le triste sort.
Sémiramis, sa femme, eut soin, après sa mort,
D'enrichir encor plus son royal diadème
Étendant les confins de son pouvoir suprême,
Toutes les nations, du Liban au Taurus,
Fléchirent sous ses lois même jusqu'à l'Indus.

Telle que son époux, l'orgueil fut sa faiblesse,
Mais son règne assez long ne fut pas sans sagesse !
Les descendants de Cham , hommes laborieux,
Furent peupler du Nil les bords délicieux.
L'Égypte entière vit, sur ses terres fertiles,
Édifier bientôt les murs de plusieurs villes
Qu'embellirent les soins des hommes opulents ;
La somptuosité de leurs beaux monuments
Ne le cédait en rien à celles de l'Asie.
Mais quand des Pharaons l'auguste dynastie
Eut soumis à ses lois tout ce vaste pays,
La gloire d'embellir la célèbre Memphis
Où les rois et les grands faisaient leur résidence ,
Fit concourir les arts à sa magnificence ;
Les superbes hôtels, les temples somptueux,
Prirent, dès ce moment, l'aspect majestueux ;
Le palais souverain et les places publiques
Par les soins de ces rois devinrent magnifiques,
Le marbre, le granit, le beau jaspe sanguin
Que l'habile ciseau d'une savante main
Réduisait, avec goût, en superbes statues,
Décoraient les palais, les places et les rues.
Mais, tandis que l'Égypte excellait dans les arts,
L'esprit du mal, jaloux d'avilir ses remparts,

Livrait ses habitants à l'extrême ignorance ;
Et quand l'affreux excès de leur extravagance
Les eut rendus poltrons et superstitieux,
Tout ce peuple, au mépris du souverain des cieux,
Préféra, désormais, au créateur suprême,
Les chimériques dieux qu'il fabriquait lui-même.
Le démon l'ayant fait passer dessous son joug,
Lui fit, à son vouloir, idolâtrer le bouc
Et brûler les parfums devant le crocodile ;
Pour opprobre éternel de ce peuple servile,
Le bœuf, le chien, le chat jusques à l'ichneumon,
Reçurent tour-à-tour sa vénération,
Et voulant mettre enfin le comble à sa folie,
Il lui fit adopter l'absurde astrologie !
Tels furent les excès de ce peuple ignorant ;
Pourtant, pendant le cours de son égarement,
Plusieurs hommes de bien redoublèrent de zèle
Pour conserver à Dieu leur cœur toujours fidèle.
Le ciel, quoiqu'en secret, recevait chaque jour
Un témoignage sûr de leur constant amour ;
Ces seuls égyptiens, que guidait la sagesse,
Surent de ces erreurs préserver leur faiblesse ;
Leur esprit et leur cœur soumis à la raison
Ne se laissèrent point asservir du démon.

Tandis que leur patrie, en proie à tous les vices,
Aux plus vils animaux offrait des sacrifices,
Eux, immortalisant le nom de leur pays,
Par de nouveaux progrès éclairaient leurs esprits,
Posaient les fondements de la géométrie
Et rendaient familier l'art de l'astronomie.
Leur sublime savoir fit que l'esprit du mal
A leurs concitoyens ne fut pas si fatal ;
Même encore aujourd'hui leur science profonde,
Quel que soit le pays, sert de lumière au monde.
Il n'en est point ainsi des superbes palais
Où le crime à loisir méditait ses forfaits ;
Ni des temples pompeux, ni des beaux édifices,
Qu'avaient édifiés d'hommes couverts de vices ;
Ces somptueux palais où résidaient les grands
Sur leur base écroulés sont détruits par le temps :
Thèbes, Théris, Memphis, villes alors superbes,
Ne sont plus maintenant que plâtras couverts d'herbes !
Le temps a dévoré leurs merveilleux remparts !
De tous ces monuments qu'embellirent les arts,
Il ne reste aujourd'hui que les trois Pyramides,
Élevées sans goût sur leurs bases solides,
Pour témoigner longtemps à la postérité
L'opulence d'Égypte et sa célébrité ;

Mais l'extrême grandeur de ce solide ouvrage
N'indique point aux yeux quel était son usage.
C'est ainsi que le mal parcourant l'univers,
Des trop faibles humains accroissait les revers ;
Son funeste poison, infectant la Syrie,
Corrompait encor plus la Mésopotamie,
Ces nombreux habitants avaient des dieux intrus !
La plupart immolaient sur l'autel de Bélus.
Dans leur égarement, toutes ces têtes folles
Se prosternaient aux pieds d'infernales idoles.
Le divin créateur voyant qu'en tous les lieux
Les hommes pervertis adoraient des faux dieux ;
Que le démon du mal, outrageant sa puissance,
Empêchait la raison d'éclairer l'ignorance,
Daigna jeter les yeux sur les murs de Caram,
Où le fils de Taré, le vertueux Abram,
Aux embûches du mal résistant avec zèle,
A sa divine loi se conservait fidèle.
Sa voix lui dit alors : Pars, quitte ce pays,
Conduis ta femme et ceux qui sont à toi soumis,
Va de suite habiter la contrée abondante
Où je te rendrai chef d'une race puissante.
Abram qui l'écoutait, pénétré de ferveur,
Obéit sans retard à la voix du Seigneur,

Et s'en fut habiter la terre désignée
Où Dieu lui promettait de bénir sa lignée ;
Arrivant à Sichem sa main dressa l'autel
Sur lequel il offrit ses vœux à l'éternel ;
Puis séparé de Lot, sans dispute et sans haine,
Il fut, près de Mamré, s'établir dans la plaine ;
C'est dans ce lieu qu'Agar vint mère d'Ismaël,
Et ce fut aussi là, qu'en un jour solennel,
Dieu vint lui confirmer sa divine alliance,
Bénit à l'infini toute sa descendance
Et lui dit : Désormais, je veux expressément
Qu'ici-bas, comme au ciel, l'on t'appelle Abraham ;
Sache que dès ce jour, ma loi va te prescrire,
Qu'à commencer par toi, ta main doit circoncire
Ton fils, tes serviteurs et ceux qu'à l'avenir
Naîtront dans ta maison, ou t'y viendront servir ;
Je veux dorénavant que ta lignée insigne
Soit de tous les mortels reconnue à ce signe,
Afin que si le mal vient t'accabler un jour,
Pendant ce temps amer, quel que soit son séjour,
Chacun puisse aisément partout la reconnaître,
Et moi-même, en tous lieux, pourvoir à son bien-être,
Jusqu'au jour où le bien restant du mal vainqueur,
Assure au genre humain un éternel bonheur.

Ensuite, après huit ans, passant devant sa tente.

Il vint le prévenir, d'une voix consolante,

Que Sara, son épouse, avant la fin de l'an,

Enfanterait de lui, miraculeusement,

Le docile Isaac ; qu'en patriarche sage,

Ferait multiplier son illustre lignage.

C'est sur ce fils, qu'un jour, Dieu, voulant l'éprouver,

Lui dit : Va, sans délai, sur ce mont l'immoler !

Mais lorsque d'Abraham la main obéissante

Se leva pour frapper la victime innocente,

Un ange radieux, partant du ciel soudain,

D'ordre de l'éternel vint arrêter sa main,

Lui montra le belier qu'en échange propice

Il devait sur l'autel offrir en sacrifice.

Se prosternant alors avec son jeune enfant,

Ils rendirent tous deux grâce au Dieu tout-puissant !

Lorsque Isaac atteint sa quarantième année,

Il vit, sur le déclin d'une belle journée,

Arriver Rebecca, fille de Béthuel,

Qui devait concevoir le germe d'Israël ;

La serrant dans ses bras, il fut, avec vitesse,

Au logis de Sara lui prouver sa tendresse ;

Quoiqu'il fut auprès d'elle assidu chaque jour,

Cette tendre moitié, si chère à son amour,

Resta, sans enfanter, vingt ans dans sa demeure,
Puis fit deux fils d'un coup et presque à la même heure !
Lorsqu'ensuite il fut vieux et dans la cécité,
Qu'elle entendit sa voix promettre à son aîné,
La bénédiction propice et salutaire,
Qu'il avait à Mamré reçu de son vieux père,
Rebecca, partiale, abusant son mari,
Lui fit bénir Jacob son autre fils chéri.
Voilà comment le mal, usant cette artifice
Lui fit contre Esaü commettre une injustice !
Cependant Isaac ne pouvant révoquer
La bénédiction qu'il venait de donner,
Promit à son aîné, qu'un jour sa descendance
Sur celle de Jacob aurait prééminence !
Par cet espoir flatteur, sur le ton le plus doux,
Tâcha de son aîné d'apaiser le courroux !
Mais Jacob, d'Esaü, redoutant la colère,
Partit le lendemain à la voix de sa mère,
Sans arrêter ses pas fut au Padam-Aram,
Où devenu l'époux des filles de Laban,
Il vit croître aussitôt sa race et sa richesse !
Rentrant dans son pays, son extrême sagesse
De son frère apaisa le terrible courroux
Usant, auprès de lui, du moyen le plus doux,

Pour garant plus certain de leur paix fraternelle,
Qu'il désirait de rendre entr'eux perpétuelle,
Il eut soin de choisir, dans ses nombreux troupeaux,
Les plus grasses brebis, les beliers les plus beaux
Qu'il offrit à son frère en présent agréable
Pour rendre désormais leur douce paix durable !
Puis s'en allant chacun habiter sa maison,
Esaü retourna dans le pays d'Hébron,
Et Jacob, vers Sichem, conduisit sa famille.
C'est là qu'un fils d'Hémor vint lui ravir sa fille !
Les enfants de Léa, livrés à leur fureur,
Par un crime inhumain furent venger leur sœur !
Le démon, à leurs yeux grossissant cette offense,
Attisa, dans leur cœur, la cruelle vengeance,
Et fermant leur oreille à la voix d'Israël,
Il leur fit dans Sichem offenser l'Éternel.
Abusant toujours plus de leur faiblesse humaine,
Contre un fils de Rachel il irrita leur haine !
Au point que, sans Rubens, l'un d'eux, le plus jaloux,
Eût assouvi sur lui son infernal courroux,
Si passant près de là des gens Ismaélites,
Hommes accoutumés aux trafics illicites,
Ils n'eussent préféré, pour un modique prix,
L'exiler, pour toujours, du paternel logis.

Dès qu'ils eurent ainsi vendu leur jeune frère,
Ils firent, au plus tôt, parvenir à leur père,
Sa robe, qu'ils avaient eu soin d'ensanglanter,
Prétextant qu'un lion l'avait dû dévorer !
Jacob à peine vit cette robe sanglante,
Il s'écria soudain, d'une voix sanglotante :
Mes yeux ne verront plus Joseph, mon bien-aimé,
Devenu le repas d'un lion affamé !
Joint à Memphis, Joseph, qu'avaient vendu ses frères,
Chargé par Potiphar du soin de ses affaires,
Malgré qu'il le servait avec fidélité,
Fut à tort en prison longtemps persécuté.
L'Éternel, qui du ciel protège l'innocence,
De ce fils de Jacob voulant la délivrance,
Permit, qu'au panetier, ainsi qu'à l'échanson,
Qu'avait fait garrotter le puissant Pharaon,
Il expliqua leur songe et put, faisant connaître,
Quel serait le décret de leur souverain maître,
Leur dire : Dans trois jours, subissant votre sort,
L'un sera délivré, l'autre puni de mort !
L'échanson fut, d'après la royale sentence,
Libre, et le panetier conduit à la potence !
Puis, lorsqu'après trois ans le roi fit appeler
Tous ceux dont le savoir lui pourrait expliquer

Les deux songes profonds, qui semblaient lui prédire
Qu'un terrible fléau menaçait son empire,
L'échanson à sa voix, se rappelant l'hébreux,
Qui par son rêve avait prévu son cas heureux,
Dit au roi qu'en prison, un hébreux sans mensonges,
Lui pourrait clairement expliquer ces deux songes.
Ce monarque, aussitôt, profitant de l'avis,
Ordonna qu'à Joseph l'on portât des habits,
Qu'on le tirât soudain de sa triste demeure,
Et qu'il fût devant lui conduit à la même heure.
Dès que Pharaon vit cet homme vertueux,
Faussement accusé d'un crime scandaleux,
Sa voix lui raconta d'une façon briève,
Tout ce qu'il avait vu pendant son premier rêve.
Sept vaches, lui dit-il, belles en embonpoint,
Paissaient près d'autres sept, laides, maigres au point,
Qu'enragées de faim, se jetèrent sur elles,
Dévorèrent leur chair, restèrent après telles,
Que leur voracité, malgré leur grand manger,
N'avait pu parvenir à les rassasier !
J'ai toujours sous les yeux leur aspect effroyable !
Dans le second, j'ai vu sur un champ admirable,
Se courber sous leur poids, sept superbes épis,
Qui répandaient le grain dont ils étaient remplis.

Tandis qu'à côté d'eux, sur leurs tuyaux arides,
Autres sept laissaient voir qu'ils étaient restés vides !
Ces deux songes depuis, je ne sais pas pourquoi,
Torturent mon esprit, me causent de l'effroi !
Pourriez-vous m'expliquer ce que cela veut dire ?
Oui, sire, dit Joseph, je vais tôt l'en instruire;
Si votre majesté daigne un moment m'ouïr,
Elle apprendra que Dieu se plaît de l'avertir
Qu'en Egypte sept ans d'abondance complète
Seront après suivis de sept ans de disette ;
Qu'alors tous ses sujets, livrés à la douleur,
Succomberaient sans doute à cet affreux malheur,
Si votre majesté n'a pas la prévoyance
De prévenir à temps cette longue souffrance !
Pour l'éviter, il faut, qu'immédiatement,
Elle ordonne à chacun d'aller soigneusement,
Dans des grands magasins, qu'à sa voix l'on doit faire,
Déposer le surplus de leur grain nécessaire.
Continuant ainsi, jusqu'alors, par ses soins,
Elle pourra fournir aisément leurs besoins.
Pharaon, étonné de ce prudent langage,
Dit à ses courtisans : où trouverai-je un sage,
Qui puisse, comme lui, si bien exécuter,
Le plan judicieux, que je dois adopter !

Ah ! sans doute c'est lui que le ciel me destine,
Pour prévenir ici les maux de la famine !
Tirant alors du doigt son superbe anneau d'or,
Qu'un saphir précieux rendait plus riche encor,
Le donnant à Joseph, lui dit : dès ce jour même,
Je partage avec toi l'autorité suprême !
Vais enjoindre de suite, aux gens de ce pays,
A toutes les cités, même y compris Memphis,
D'obéir à ta voix, et quoique Israélite,
Tu seras désormais le second de l'Egypte !
Lui faisant revêtir une robe de lin,
Riche tissu, travail d'un tisseran divin,
L'investit, sur le champ, de sa prépondérance,
Le nommant son premier intendant de finance !
Le fit, dans son palais, reconnaître pour tel,
Et voulut qu'à l'instant, un édit solennel
L'annonça, sans retard, à son vaste royaume !
Pour mieux solenniser son souverain diplôme,
Invitant tous ses grands, il ordonna soudain,
Qu'on fit ce jour-là même un somptueux festin !
Joseph était assis à la royale table,
Auprès de Pharaon sur un siège honorable,
Il fit le jour après savoir par un avis,
Aux nombreux habitants de ce riche pays,

Qu'en toutes les cités, dans des locaux immenses,
L'on allait établir des greniers d'abondances,
Où chacun d'eux devrait déposer avec soin
Tout le surplus du grain utile à son besoin.
Ceux-là qu'obéissant à cette loi nouvelle,
Feront, disait l'avis, ce dépôt avec zèle,
D'après l'ordre du roi, recevront aussitôt
La diminution de leur public impôt ;
Seront, incontinent, même les gens plus rustres,
Inscrits sur le tableau des familles illustres !
Mais tous ceux qu'au mépris des ordres souverains,
Ne déposeront pas le surplus de leurs grains,
Au lieu de recevoir cette prime royale,
Payeront double impôt à la caisse fiscale !
A peine fut connu cet ordre de Joseph,
Que tous obéissant à ce vertueux chef,
Accoururent bientôt déposer dans les villes,
Les grains surabondants de leurs terres fertiles !
Le clairvoyant Joseph, par ce prudent moyen,
Non seulement sauva le peuple Egyptien,
De tous les maux affreux d'une horrible famine,
Mais il nourrit encor la nation voisine.
C'est alors que Jacob manquait aussi de pain !
Ne sachant plus comment rassasier sa faim,

Contraint par le besoin, il envoya bien vite
Plusieurs de ses enfants en pourvoir en Egypte.
Les fit partir chacun muni d'assez d'argent ;
Mais lorsqu'ils furent joints chez l'insigne intendant,
Pour obtenir de lui les vivres nécessaires,
Joseph, à leur parler, reconnut tous ses frères.
De leur discours exact feignant alors douter,
Il fit, adroitement, semblant de soupçonner,
Qu'en prenant pour excuse un pénible malaise,
Ils venaient épier la contrée à leur aise.
Quand vous m'aurez donné de bons renseignements,
Soit de votre pays, comme de vos parents,
Je vous ferai de grains remplir vos sacs sur l'heure,
En attendant ayez la prison pour demeure.
Lorsque Rubens se vit mettre ainsi dans les fers,
Accusant ses cadets de cet affreux revers,
Il leur dit : que le sang de Joseph, leur victime,
Criait au ciel, contre eux, vengeance de leur crime !
Alors, les yeux en pleurs, s'arrachant les cheveux,
Le remords de ce crime affligea chacun d'eux;
Joseph, les écoutant, versait aussi des larmes !
Sa fraternelle voix, pour calmer leurs alarmes,
Leur dit : apprenez-moi quel est votre pays,
Le nom de vos parents, celui de vos amis.

La vérité peut seule apaiser ma colère !

Rubens lui dit alors : Jacob est notre père.

Nous avons en partant laissé seul près de lui

Benjamin, notre frère, et son plus jeune appui !

Un autre tendre fils fut son plus grand délice ;

Joseph était son nom, j'ignore son supplice,

Car le cœur de Rubens, en face à l'Éternel,

De ce complot affreux ne fut point criminel !

Pour prouver que ce dire est en tout véritable,

Retournez vers Jacob, votre auteur respectable,

Dites-lui, de ma part, que vous devez soudain,

Revenir près de moi, suivis de Benjamin,

Et qu'ici, Siméon, resté dans l'esclavage,

Jusqu'à votre retour me demeure en ôtage !

Faisant remplir leurs sacs de son meilleur froment,

Il y fit, à chacun, mettre aussi son argent.

Jacob, malgré cela, ne voulait point permettre,

Que le fils de Rachel fut conduit à ce maître ;

Pourtant quand la famine exposa de nouveau,

Jusqu'aux fils de ses fils encor dans le berceau,

Effrayé des horreurs d'une disette affreuse,

Il prêta son oreille à leur voix douloureuse,

Et permit, dans les pleurs, que son plus jeune enfant,

Fut conduit en Égypte, au suprême intendant !

Je ne vous dirai pas comment Joseph put faire
Pour se cacher aux yeux de son plus jeune frère,
Mais sa coupe en argent fut, pendant un festin,
Mise exprès dans le sac que portait Benjamin ;
Ce n'est qu'après l'avoir fait arrêter en maître
Qu'en l'embrassant, en pleurs, il se fit reconnaître !
Ils avaient l'un et l'autre été, par Israël,
Tendrement engendrés dans le sein de Rachel.
Ne mettant plus, dès-lors, de borne à ses largesses,
Il les fit repartir couverts de ses richesses ;
Invita, par leur voix, son père et tous les siens
De venir partager son honneur et ses biens.
Lorsque Jacob apprit cette heureuse nouvelle,
Levant d'abord ses mains vers la voûte éternelle,
Il rendit grâce au Dieu de son père Abraham
Et disposa les siens à quitter Canaam ;
Puis, partit entouré des nombreuses familles
Qu'avaient formé ses fils, leurs garçons et leurs filles.
Son bien-aimé Joseph avait su par ses soins
Pendant ce long trajet prévenir ses besoins ;
Plusieurs grands chariots facilitaient leurs marches.
Lorsque, joints à Goseem, ces deux saints patriarches
S'embrassèrent tous deux pour la première fois,
Le transport de leur cœur paralysant leur voix

Dans cet instant heureux s'exprima par leurs larmes.
Là, des fils de Jacob finirent les alarmes ;
Désirant s'établir dans ce pays fécond,
Ils en firent demande au sage Pharaon
Qu'à la voix de Joseph leur donna, sans limite,
Le permis d'habiter ce pays de l'Égypte.
Là, les fils d'Israël, dans une douce paix,
Recevaient, chaque jour, de ce roi les bienfaits.
Dès que Jacob connut, par sa grande faiblesse,
Qu'il allait succomber à l'extrême vieillesse,
Bénissant ses enfants, au nom de l'Éternel,
Il établit en eux les tribus d'Israël.
Mais après ce bon roi, des Pharaons moins sages
Privèrent les Hébreux de tous leurs avantages ;
Orgueilleux d'être assis sur leur trône puissant,
Ils oublièrent tôt le service important
Qu'avait rendu Joseph du temps de la famine ;
Sans égard aux bienfaits de cet Hébreux insigne,
Ne se contentant point de les charger d'impôts,
Ils leur faisaient subir les plus rudes travaux.
Le peuple d'Israël, malgré tant de tortures,
Souffrait patiemment ses peines sans murmures ;
L'Éternel, qui du ciel avait les yeux sur lui,
L'aidait continûment de son divin appui !

Tandis que l'on mettait le comble à sa disgrâce
Lui faisait toujours plus multiplier sa race ;
Les riches de l'Égypte enviaient ce bonheur,
Les rois, plus jaloux qu'eux, livrés à leur fureur,
Pour assouvir à fond leur infernale rage ,
Rendirent plus amers les fers de l'esclavage.
C'est dans ce temps d'horreur, qu'un cruel Pharaon,
Que poussait aux excès l'exécrable démon,
Sans craindre de couvrir d'opprobre ses annales,
Ordonna, désormais, d'égorger les fils mâles
Qu'enfanteraient vivants les femmes des hébreux.
C'est pendant que régnait ce souverain affreux
Que naquit, à Memphis, l'auteur de cette histoire.
Dieu, qui le réservait à l'éternelle gloire
De délivrer un jour le peuple d'Israël,
Daigna le préserver de ce trépas cruel !
Sa mère l'ayant mis au fond d'une corbeille
De bitume et de poix enduite dès la veille,
Fut le placer parmi les milliers de roseaux,
Qui couronnent du Nil les abondantes eaux.
A l'endroit, où du roi la fille bienfaisante,
Au lever du soleil, seule avec sa servante,
Se plaisait, en été, d'aller chaque matin,
Prendre à ce bord du fleuve un salutaire bain !

Dès qu'elle l'aperçut, l'ouvrant avec surprise,
Elle y trouva l'enfant, qu'elle appela Moïse !
Le fit de sa vrai mère allaiter à ses frais,
Puis l'adoptant pour fils l'admit dans son palais,
Jusqu'au jour que du roi redoutant la poursuite,
Il dut, pour son salut, se sauver par la fuite ,
Et se réfugier aux lieux de Madian;
C'est là, que Dieu lui dit, dans un buisson ardent,
De rejoindre Araon et qu'aidé de son frère
Ils devaient des hébreux terminer la misère;
Si ta voix ne peut pas attendrir Pharaon,
J'aggraverai par toi ma main sur sa maison.
Lui s'inclinant alors devant le Dieu suprème,
Docile à son vouloir, partit à l'instant même,
Fut dire à Pharaon, d'ordre de l'Éternel
Qu'il devait délivrer le peuple d'Israël !
Ce roi cruel lui fit la plus noire menace !
Alors son frère et lui, pour punir son audace,
De terribles fléaux le frappèrent dix fois.
Ce cruel souverain, toujours sourd à leurs voix,
S'obstinait d'empêcher qu'ils sortissent d'Egypte !
Le ciel, malgré ce roi, favorisa leur fuite,
Mais quand l'esprit du mal qui régnait dans son cœur,
Eut, après leur départ, irrité sa fureur,

Il fit soudain armer jusqu'à la populace !
Jura d'aller lui-même exterminer leur race,
Et partit aussitôt pour arrêter leurs pas,
Au lieu de les rejoindre il trouva le trépas !
Au moment qu'il croyait les atteindre vers l'onde,
Miraculeusement le Souverain du monde
Leur ouvrit un chemin au milieu de la mer !
Lui s'y précipitant pour les tous massacrer,
Animait de sa voix sa troupe mercenaire,
Et courait à sa tête, en prince téméraire,
Dès que tous les hébreux, joints de l'autre côté,
Au delà de la mer furent en sûreté,
Dieu, pour punir alors ce monarque perfide,
Rendit, une autre fois, la mer Rouge fluide !
Pharaon, ses soldats et ses nombreux chameaux,
Restèrent submergés par le retour des flots !
Voilà comment périt ce souverain coupable,
Que sa méchanceté rendait si méprisable !
Les enfants d'Israël ayant brisé leurs fers,
Séjournèrent longtemps dans les affreux déserts.
Mais Dieu, pour les nourrir, faisait pleuvoir la manne,
Que les vers dévoraient, quand une main profane,
Au mépris de son ordre, osait en recueillir
Un surplus de homer pour le jour avenir

Il leur fit jaillir l'eau par un égal miracle.
Là fut aussi construit le premier tabernacle,
Après qu'au mont Sina, Moïse eût, dans ce temps,
Reçu de l'Éternel les dix commandements.
Malgré tout ce que Dieu faisait pour eux sans cesse,
L'esprit du mal parvint, corrompant leur faiblesse,
A leur faire adorer l'exécrable veau d'or !
La tribu de Lévi, reconnaissant son tort,
Fut, par son prompt retour plus noblement campée,
Moïse lui fit tôt dégainer son épée,
Pour dompter les tribus qui restaient dans l'erreur.
Dès qu'il eût obtenu le retour de leur cœur,
Le Créateur divin, pardonnant cette offense,
Daigna reconfirmer sa divine alliance,
Et l'ineffable appui de son bras tout-puissant
Rendit le peuple hébreux dès ce jour triomphant !
Josué dirigeait la vaillante entreprise
Que, du haut d'un coteau, suivait des yeux Moïse ;
Tant qu'il tenait ses mains élevées aux cieux
Le peuple d'Israël était victorieux ;
Mais lorsque fatigué de les tenir haussées,
Tant soit peu vers la terre il les avait baissées,
Aussitôt, Hamaleck, devenu le plus fort,
Dans les rangs des hébreux allait semer la mort ;

Décimant les tribus, se livrait à la rage,
Faisait, dans sa fureur, un terrible carnage,
Croyait ainsi pouvoir délivrer son pays,
Versant à flots le sang de ces preux ennemis.
Josué, ranimant ses troupes indomptables,
Les rendait, par sa voix, encor plus formidables,
Et marchant à leur tête, en valeureux guerrier,
Refoulait Hamaleck sans faire de quartier.
Suivant ses nobles pas, les preux Israélites
Détruisirent enfin tous les Hamalécites !
Quoique cette victoire améliorât leur sort,
La plupart des Hébreux murmurèrent encor ;
Dieu ne leur permit pas que, guidés par Moïse,
Ils entrassent vainqueurs dans la terre promise ;
Dès qu'ils furent tous joints au grand mont de Nébo,
D'où l'on apercevait les murs de Jéricho,
Moïse à peine vit la fertile contrée
Où les fils d'Israël allaient avoir l'entrée,
Que, succombant de suite à la plus douce mort,
Il fut enseveli vis-à-vis Belt-Péhor.
Pendant un mois entier les tribus le pleurèrent !
Ce sage, qu'en tout temps les Hébreux révérèrent,
Eut l'ardent Josué pour digne successeur.
Dieu, voulant à jamais célébrer sa valeur,

Le prévint qu'il devait bientôt se mettre en marche;
Qu'avec lui les tribus, précédées de l'arche,
Devaient, avant partir, se prémunir de pain
Et qu'elles passeraient à pieds secs le Jourdain.
Lui, donnant cet avis aux plus grands capitaines,
Le fit aussi savoir aux deux tribus lointaines,
Afin que leurs guerriers vinssent incontinent
Se réunir aux siens pour vaincre Canaam.
Dès que l'arche joignit sur la rive féconde,
Qu'un sacrificateur du pied eût touché l'onde,
Au même instant les eaux suspendirent leur cours
Et semblèrent avoir leur courant au rebours.
Du miracle inouï les tribus exultèrent;
Dans tout le Canaam les païens en tremblèrent,
Le roi de Jéricho, malgré tous ses soldats,
Attendit dans ses murs lâchement le trépas.
Lorsqu'au septième jour, l'arche miraculeuse
Que portaient les rabbins d'une façon pompeuse,
Eût fait de la cité le tour pendant sept fois,
Qu'aussitôt ses remparts s'écroulant à leurs voix,
Mirent à découvert cette ville opulente.
Ses nombreux habitants, livrés à l'épouvante,
Tombèrent sous les coups des soldats d'Israël,
Pas un d'eux n'échappa du massacre cruel.

A la seule Rabah l'on accorda la vie
Parce qu'elle avait su, dans son hôtellerie,
Sauver les deux hébreux envoyés de leur camp
Exprès pour épier les lieux de Canaam.
En conservant leurs jours, cette femme fidèle
Obtint que ses parents seraient sauvés comme elle ;
Tel, des douze tribus, fut l'important succès.
Mais le démon du mal qui les suivait de près,
Augmentant dans leur cœur la soif de ce pillage,
Rendit encore plus horrible le carnage !
Les lauriers des tribus, couverts de tant de sang,
Furent moins glorieux aux yeux du tout-puissant.
Telle du peuple hébreux l'histoire est racontée.
Le vent d'ouest, aujourd'hui, tient la mer agitée ;
Dans ce pays charmant le souffle du mistral
Aux produits de la terre est bien souvent fatal ;
C'est un des deux fléaux qui ruinent la Provence,
Non moins que lui funeste est aussi la Durance,
Lorsqu'elle se grossit des torrents qu'en chemin
Du plus haut des rochers se jettent dans son sein ;
Ses eaux, en un instant, deviennent effroyables.
Elle roule en fureur ses flots épouvantables,
Déracine en passant les plus gros pins des monts,
Entraîne leurs débris, ravage les moissons,

Abîme jusqu'au loin les campagnes fertiles,
Des laboureurs en pleurs emporte les asiles ;
Ces inondations laissent de tous côtés
Les paysans en détresse et les champs dévastés.
Pourtant, lorsque ses flots qu'accroissent les orages,
Ne sont point des torrents grossis sur leurs passages,
Dans le temps des chaleurs ils arrosent les champs,
Fécondent les terrains, les rendent abondants,
Forment jusqu'à Salon le canal de Craponne,
Désaltèrent les prés, aussi bien que le Rhône ;
Tous, comme ceux du Pô, ses bords sont gracieux,
Se couvrent, en été, de fruits délicieux ;
L'on y voit, en tout temps, des tapis de verdure
Qui, même dans l'hiver, y parent la nature.
Mais, l'Angelus du soir, qu'on sonne à Saint-Victor,
M'invite à regagner au plus vite mon fort ;
Si ce mistral affreux grossissait davantage
Plusieurs vaisseaux seraient exposés au naufrage ;
Il faut sans plus tarder nous rendre à mon autel,
En faveur des marins supplier l'Éternel.
Attentive à leur voix, je vais me tenir prête
A leur donner secours en cas d'une tempête,
Et, vigilante ainsi pendant toute la nuit,
Prévenir leur danger avec mon prompt appui.

QUATRIÈME JOURNÉE.

Continuation de l'histoire du peuple d'Israël. Description du temple de Jérusalem. Fin de l'histoire du peuple d'Israël; celle de la Grèce. Fondation des écoles de philosophie, ionienne, italienne, éléatique, sophistique; celles de Socrate, de Platon, etc., etc., etc. Périclès favorise les beaux-arts dans Athènes, etc. Philippe, roi de Macédoine, assujettit cette ville; son fils Alexandre fait la conquête de toute la Syrie, etc., etc. Épisode sur la fondation de Carthage.

Malgré qu'hier au soir la bise épouvantable

Semblait nous menacer d'une nuit effroyable,

Vers minuit moins un quart son souffle impétueux

A cessé tout-à-coup d'être aussi furieux;

Ce matin les vaisseaux voguent à pleine voile,

Un zéphir agréable enfle à plaisir leur toile;

Le clair azur des cieux et le calme des flots

Qui raniment sur mer l'ardeur des matelots,

Promettent à Marseille un jour exempt d'orage.

Les gracieux coteaux qui bordent ce rivage,

D'Arenc à Fontainieux, passant par le Canet,

Arrivent aux Caillols jusques à Saint-Menet,

Laissent voir, à travers des figuiers et des vignes,

Les villages groupés sur ces belles collines

Qui, depuis Montredon jusqu'à Château-Gombert,

Par Séon-Saint-André vont confiner la mer.

Du haut de mes remparts ce coup-d'œil est magique ;

L'on voit aussi d'ici le château magnifique

Qu'avait fait embellir l'ancien duc de Villars ;

Ce noble maréchal, protecteur des beaux-arts,

Se faisait un plaisir d'assister l'indigence ;

Il fut, pendant longtemps, gouverneur de Provence,

Et Marseille, où le ciel est presque toujours beau,

Le faisait résider dans ce charmant château.

C'est de là qu'il guidait cette riche province,

Noblement, sans orgueil, tel qu'un vertueux prince.

Chez lui tout respirait la somptuosité,

Jamais rien n'altérait son affabilité ;

Les gens plus comme il faut, du Var jusques au Rhône,

Accouraient visiter son illustre personne,

Honorés d'être admis à lui faire leur cour.

Beaucoup de Marseillais se trouvaient, tour-à-tour,

Invités à s'asseoir à sa splendide table ;

Chez ce duc somptueux tout était délectable.

Pour combler de plaisirs ses nombreux commensaux

Il inventait toujours d'amusements nouveaux ;

Mille agréments alors charmaient les Aygalades ;
Dans son riant jardin, les bosquets, les cascades,
S'offraient de tous côtés sous un aspect divers ;
Les superbes ormeaux, les myrthes toujours verts
En faisaient, dans ce temps, un séjour de délices,
Le temps l'a fait depuis subir d'autres caprices ;
Car, Philomène, rien n'est durable ici-bas.
Puisque sous ce berceau nous arrêtons nos pas,
Je vais de mon récit continuer le dire,
Par ce long abrégé tâcher de vous instruire :
Finissant de narrer l'histoire d'Israël,
Vous saurez que des rois sacrés par Samuël
David fut le plus grand en savoir, en prouesse,
Pour fléchir l'Éternel sa voix priait sans cesse ;
Ses Psaumes que l'Église a traduits en latin,
Expriment sa douleur en langage divin !
Dans leurs afflictions, les peuples catholiques
Aux pieds des saints autels répètent ces cantiques
Qu'entonne avec respect la voix de leur pasteur.
C'est ainsi qu'implorait l'éternel créateur
Ce prophète royal les jours de sa détresse.
Salomon fit de même admirer sa sagesse
Et rendit, tel que lui, son règne glorieux.
Ce monarque fidèle au souverain des cieux,

Fit construire à grands frais le temple magnifique
Prescrit au peuple hébreu par la loi judaïque,
Que le grand roi David n'avait, à son honneur,
Pu faire édifier au divin créateur.

Malgré qu'on fût surpris, voyant la colonnade
Qu'en superbe granit décorait la façade,
L'on était étonné des ornements pompeux
Qui faisaient resplendir ce temple somptueux ;
Vingt pilastres brillants, jaspés en mosaïque,
Artistement placés en ordre symétrique
Et couronnés surtout de riches chapiteaux,
Soutenaient noblement les gracieux arceaux
Sur lesquels reposait la voûte merveilleuse
Que l'élévation rendait prodigieuse.

D'admirables tableaux, dessinés avec goût,
Lui servaient d'ornements de l'un à l'autre bout ;
Soit par le coloris, comme par l'élégance,
L'artiste les avait portés à l'excellence.
La célèbre sculpture, ennoblissant son art,
Par d'objets merveilleux y charmait le regard ;
Mais, douze séraphins, en marbre blanc d'Égypte,
Ouvrage précieux d'un jeune Israélite
Dont le savant ciseau, par sa sublimité,
Avait de ceux du ciel imité la beauté,

Étaient par leur fini, jusqu'alors sans exemple,
Un ornement parfait de ce superbe temple !
Le divin sanctuaire était plus riche encor !
Ce lieu saint entouré de colonnes en or
Surprenait le regard par sa magnificence !
Rien n'égalait l'éclat de l'arche d'alliance !
Qui, placée au milieu sous un dais précieux,
Rayonnant de lumière, éblouissait les yeux ;
Sept candelabres d'or répandaient autour d'elle,
A l'honneur du vrai Dieu, leur lumière éternelle !
D'un autel d'or massif, couvert de diamants,
S'élevaient, chaque jour, des parfums odorants
Qu'on faisait à grand frais venir de l'Arabie,
Ou de tout autre lieu reculé de l'Asie !
Les sacrificateurs de ce temple fameux
Ne s'approchaient jamais de l'autel somptueux,
Pour les libations, divines ou mystiques,
Que richement couverts d'ornements magnifiques,
Où brillaient les saphirs entourés de rubis !
Les lévites près d'eux étaient les seuls admis.
Pour donner plus d'éclat à leurs cérémonies
Des beaux vases en or, garnis de pierreries,
Les jours plus solennels accroissaient la splendeur
Du lieu saint et surtout du sacrificateur !

Tout ce qui sert enfin à la magnificence,

Dans ce temple fameux était en abondance,

Et formait un superbe et précieux trésor !

Plusieurs rois d'Israël, longtemps après sa mort,

Se laissèrent guider vers le bord des abîmes !

Les Hébreux, se livrant sans répugnance aux crimes,

Soulevèrent contre eux la colère des cieux !

Les prophètes préchant en vain dans tous les lieux,

Ne pouvaient réprimer les passions impures ,

Qui rendaient les Hébreux aux lois du Ciel parjures.

C'est dans ce temple alors que l'esprit infernal,

A côté du vrai Dieu, plaça l'affreux Bahal !

Ce jour, à qui le Ciel refusa sa lumière,

Fut pour le peuple Hébreux précurseur de misère !

Dès ce malheureux jour Nabuchodonosor,

Jaloux de s'emparer de ce riche trésor,

Fit armer aussitôt les nombreuses cohortes,

Qui de Jérusalem renversèrent les portes

Et firent des Hébreux un carnage effrayant !

Pour assouvir son fiel, cet horrible tyran

Avait enjoint aux chefs, qu'après l'affreux pillage,

La flamme mit le comble à ce cruel ravage !

Ce monstre qu'altérait la soif de ce butin

Voulut qu'aussi le feu détruisît le lieu saint !

Son exécrable nom est, depuis cette guerre,
Resté, d'un peuple à l'autre, en horreur sur la terre!
Ce despote inhumain, sans le moindre motif,
Rendit barbarement le peuple hébreux captif,
Jusqu'au temps où Cyrus, roi puissant de l'Asie,
Devenu souverain de toute la Syrie,
Voulut qu'au même instant un ordre solennel,
Délivrât de leurs fers les enfants d'Israël '
Et pour donner au monde un salutaire exemple,
Il leur permit aussi de rebâtir leur temple !
Leur fit rendre soudain les nombreux vases d'or,
Que leur avait ravis Nabuchodonosor !
Zorobabel, muni de cet ordre suprême,
Suivi de Jescuab, partit à l'instant même,
Fut à Jérusalem, plein d'une sainte ardeur,
Construire un nouveau temple au divin Créateur !
Peu d'années après Esdras et Néhémie
Voulurent relever les murs de leur patrie,
Mais la perversité du peuple d'Israël,
Que combattit sans fruit la voix d'Ézéchiel,
Du souverain des cieux irritant la colère,
Des autres nations le rendit tributaire,
Jusqu'au jour désiré, que sa puissante main,
Se plaise à lui donner un plus heureux destin !

Depuis ce jour sa race, errante et vagabonde,
Partout se multiplie et sert d'exemple au monde !
Je reviens maintenant au conquérant Cyrus,
Triomphateur des rois, de l'Euphrate à l'Indus ,
Qui sut, sur ses lauriers, fonder un vaste empire.
Son histoire, qu'ici je ne puis vous décrire,
Dans leur livre, Hérodotte ainsi que Xénophon,
De ce grand souverain font un détail plus long.
Cambyse, son aîné, prince né sans mérite,
Fit pourtant après lui la conquête d'Égypte !
Orgueilleux, inhumain, ses ordres sans sursis,
Firent périr les grands et le roi de Memphis ,
Ce despote cruel, loin d'imiter son père,
Couvrit, en un moment, l'Égypte de misère ;
Sa barbare fureur, atterrant les remparts,
Respectait même pas les monuments des arts !
L'Éternel, outragé de tant de barbarie,
Ne permit pas qu'il pût vaincre l'Éthiopie ;
Percé par son épée, en tombant de cheval,
Il délivra le Nil de ce monstre brutal.
Un faux Smerdis alors usurpa la couronne.
Contraint presque aussitôt à descendre du trône,
Darius, fils d'Hystape et parent de Cyrus,
Fut élu par les grands : ce roi, l'Assuérus,

Comme au livre d'Esther, dit la sainte écriture,
Accablait les Hébreux de la loi la plus dure;
Dès que la belle Esther l'eût rendu plus humain,
Il démit son ministre et voulut que soudain
Cette barbare loi fut partout révoquée !
Pour venger pleinement le sage Mardochée,
Son décret souverain ordonnait qu'à l'instant
Sur le même gibet pérît l'infâme Haman !
Ce monarque, jaloux d'assujettir la terre,
Commit Mardonius qui devait, par la guerre,
Lui soumettre les Grecs, mais il eut la douleur
De voir à Marathon Miltiade vainqueur.
Xerxès, son héritier, pour conquérir la Grèce,
Sans craindre d'épuiser son immense richesse,
Fit armer, comme lui, d'innombrables soldats,
Qui lui semblaient devoir maîtriser les combats ;
Il croyait, avec eux, les victoires faciles,
Lorsque Léonidas aux pieds des Thermopyles,
En un seul grand combat, par l'histoire vanté,
Le fit tôt repentir de sa témérité ;
De suite, abandonnant sa troupe épouvantée,
Vit puis Mardonius périr devant Platée,
Quand Aristide mit son armée aux abois,
Et l'obligea des Grecs à recevoir les lois !

La Macédoine alors et le Péloponése

Auraient pu, dès ce jour, respirer à leur aise,

Si le démon du mal, irritant les esprits,

Ne les eût tôt rendus acharnés ennemis.

Sparte arma bientôt ses soldats contre Athènes,

Qu'aussitôt vers Pylos repoussa Démosthènes.

Tous ces petits états, l'un de l'autre jaloux,

Ne pouvaient contenir leur barbare courroux ;

Thèbes, Corinthe, Argos, villes alors puissantes,

Se livraient, tour à tour, à des guerres sanglantes.

Ainsi se déchiraient ces peuples malheureux,

Que l'amour fraternel aurait dû rendre heureux.

De ce pays classique une foule de sages

Ont transmis aux humains leurs sublimes ouvrages

Qui servent de boussole aux savants d'aujourd'hui !

La plupart ne sauraient marcher sans leur appui.

En Asie, en Europe, ils servent de modèles

Et dirigent les pas des plus doctes cervelles.

Mais en vous instruisant des choses d'ici-bas,

Philomène, il convient que vous n'ignoriez pas

Des premiers peuples Grecs l'histoire fabuleuse,

Que Jason, en Colchide, a rendue fameuse,

Attelant dextrement deux féroces taureaux,

Qui vomissaient sur lui le feu de leurs naseaux,

Hercule en ses exploits encor plus formidable,
De Némée étrangla le lion redoutable,
Tira, malgré Pluton, Alceste des enfers,
Et délivra surtout Cerbère de ses fers !
La Méduse expira sous les coups de Percée,
Plusieurs traits de valeur distinguèrent Thésée,
Et la Chimère enfin, monstre né de Tiphon,
N'échappa point au fer du preux Bellerophon.
Mille autres traits fameux de cette absurde histoire
Fatigueraient sans fruit votre jeune mémoire,
Celui qu'un grand poète a su solenniser,
Est le seul que je vais encore vous narrer.
L'attride Agamemnon et les rois de la Grèce,
Intrépides guerriers d'étonnante prouesse,
Furent assiéger Troie, en puissants potentats
Punir le rapt d'Hélène et venger Ménélas !
Patrocle, Diomède, Ajax, Ulysse, Achille,
Étaient les plus jaloux d'abattre cette ville
Que défendit longtemps la bravoure d'Hector !
De ce fameux héros Pâris vengea la mort ;
Mais ensuite Pyrrhus le priva de la vie ;
Ce barbare carnage attérait la Phrygie,
Le malheureux Priam, roi de ce beau pays,
Ne pouvant résister à ses preux ennemis,

Au fond de son palais, pâle, dans la détresse,
Près de son dernier fils, croyait par sa vieillesse,
Apaiser leur courroux et désarmer leurs bras !
La fureur de Pyrrhus ne lui pardonna pas.
Le souvenir d'Achille, envenimant sa rage,
Il saisit ses cheveux, sans respecter son âge,
Lui plongea dans le sein son terrible poignard,
Puis, traîna sur son fils, expirer ce vieillard.
Voilà comment finit cette cruelle guerre
Qu'Homère, en vers pompeux, rend célèbre à la terre.
Le ton mélodieux de son accord divin,
Où voulait s'élever le poëte latin,
N'a pas eu jusqu'ici d'émule qui l'égale.
Sa verve harmonieuse, en tout originale,
Ne manque pas d'avoir de sévères censeurs.
Mais sa sublimité n'a point d'imitateurs !
Dans ce temps, de Bysance, aux remparts d'Arcadie,
Le culte de la Grèce était l'idolâtrie.
Ces savants renommés souffraient qu'en tous les lieux
D'oracles imposteurs fissent parler les cieux !
Chypre, Delphes, Samos, étaient les lieux propices,
Où couraient les mortels offrir des sacrifices ;
L'enfer, leur offusquant le feu de la raison,
Leur faisait au vrai Dieu préférer Apollon !

Saturne, Jupiter, jusques à Tisiphone,

Monstre encor plus hideux que l'affreuse Gorgone,

Recevaient des parfums sur leurs sanglants autels;

C'est ainsi qu'aux faux dieux s'inclinaient ces mortels.

Mais ces divinités qu'enfantaient leurs caprices,

N'étaient, pour la plupart, que le support des vices,

Tandis que les lascifs idolâtraient Vénus,

Les gastronomes, tous, intercédaient Bacchus.

Dans cet égarement, là comme dans l'Asie,

Les hommes de savoir, malgré leur grand génie,

Se prosternaient devant ces ridicules Dieux;

Pourtant, quand vers le ciel ils élevaient leurs yeux,

L'éclatante beauté de l'astre incomparable

Accusait leur erreur, la leur rendait palpable.

Pénétrés de respect, admirant sa splendeur,

Ils n'osaient plus douter du Divin Créateur.

C'est alors que Thalès, homme de grand génie,

Éclaira les mortels sur la cosmogonie,

Que ne comprenait point encor l'esprit humain;

Dans les murs de Millet il établit soudain,

En savant professeur, l'école ionienne;

Crotone vit bientôt créer l'italienne;

Pythagore en posa l'illustre fondement.

Ces deux hommes profonds, par leur dissentiment,

Guidèrent l'esprit, l'un, au matérialisme,
L'autre lui fit chérir le spiritualisme.
Quoique ayant, sur ce point, un sentiment divers,
Leur éminent génie, observant l'univers,
Convint sincèrement que cet ouvrage extrême
Sortait, sans contredit, de l'atelier suprême,
D'un être en tout parfait, dont le pouvoir divin
Semble, ici-bas, n'avoir ni principe ni fin !
Cependant leur esprit, quoique habile à connaître,
Ne sut pas définir cet infaillible maître,
Ni la cause première et moins encor comment
Des millions de corps brillent au firmament.
Comment tant de soleils, sur leurs vastes orbites,
Se meuvent entourés des astres qu'à leurs suites
Roulent de même aussi, sur leur char merveilleux,
Et répandent au loin leur éclat lumineux.
Le principe secret de ces grands phénomènes
Que même, maintenant, les cervelles humaines
Ne tenteraient qu'en vain de vouloir expliquer,
Anaxagore crut de les analyser,
En donnant un esprit à la cause première
Qui, suprême motrice, agite la matière,
Et que ce mouvement, en tout harmonieux,
Évidemment se part du point central des cieux.

Le sage de Samos, profond mathématique,
Appuyant son système au calcul numérique,
Tâcha de nous prouver, par un sublime effort,
Qu'avec les êtres tous les nombres ont rapport.
Dans tout son contenu, sa savante doctrine
Dit que l'âme provient de l'essence divine
Et que les attributs de la Divinité,
D'après son voir profond, sont la véracité,
La force progressive et la bonté suprême ;
Que, selon son agir, l'âme passe de même
De l'un à l'autre corps, soit brute, soit humain.
Ce système, inventé par un peuple lointain,
Est le seul fondement de sa métempsycose.
L'Ecole Eléatique a, pour première cause,
Admis une suprême intelligence aux cieux ;
Supérieure en tout, aux hommes comme aux Dieux.
Son auteur, Xénophane, ardent métaphysique,
Laisse percer partout un sentiment sceptique,
Qu'avec grande éloquence affectent encor plus
Les deux logiciens, Zénon et Mellissus.
Je ne vous dirai rien du savant Héraclite,
Ni des physiciens Lucippe et Démocrite,
Philosophes verbeux dont le génie hâbleur
Ne fut, de l'univers, qu'un faible observateur.

Après eux s'établit l'Ecole Sophistique
Où, par l'habileté de la dialectique,
Gorgias confondait, en orateur adroit,
Avec l'absurde erreur la vérité qu'on voit.
Cette école éloquente et dommageable au monde
Avait, sur tous les points, la parole féconde.
Cet art d'argumenter sans principe réel
Faisait que son savoir semblait universel.
Ainsi l'esprit du mal, d'un à l'autre sophisme,
Guida Protagoras au douteux scepticisme
Où sa doctrine avait induit l'esprit humain.
Diagoras, livrant l'homme à son seul instinct,
Mit, raisonnant ainsi, le comble à ses caprices,
Des trop faibles humains favorisa les vices.
De ces fameux parleurs les discours captieux
Aux êtres d'ici-bas étant pernicieux,
Pour prévenir ce mal, la puissance divine
Daigna paralyser leur funeste doctrine;
Faisant naître aussitôt, d'un modeste sculpteur,
Socrate, dont la voix combattit leur erreur,
Ce sage Athénien, dès sa tendre jeunesse,
Se rendit redoutable aux savants de la Grèce;
Leur fit, à chaque pas, admirer toujours plus
Sa profonde morale et ses rares vertus.

L'orgueil ne put jamais altérer sa parole ;
Instruisant les humains à sa sublime école,
Il guidait le savoir au point plus important
De connaître soi-même et dompter son penchant.
Une éloquence simple à ses divines thèses
Combattait jusqu'au fond toutes les hypothèses
D'un erroné savoir , sa perspicacité
Faisait, battant l'erreur, briller la vérité.
Mais, ses contemporains, pernicieux sophistes.
De ses profonds discours ardents antagonistes,
Se déclarèrent tôt acharnés ennemis
D'un Sage qui frappait les préjugés admis ;
Formèrent contre lui d'insidieuses ligues
Et le firent périr par leurs noires intrigues.
Lui, cédant au pouvoir, trop faible dans ce cas,
En buvant la boisson qui donnait le trépas,
Blessa grièvement la divine justice
Et de sa mort ainsi se rendit le complice.
Voilà comment périt ce savant vertueux
Qui tâchait d'éclairer le penser ténébreux !
Il fut le créateur de la saine morale,
Sa sublime doctrine, en tout originale,
Étant dans l'univers vantée avec raison,
De l'un à l'autre siècle éternise son nom !

La Grèce vit après éclore le cynisme
Et, presque en même temps, le vain cyréanisme.
Anthistène, son chef, affectant pauvreté,
Laissait sous ses haillons percer sa vanité ;
A cette école outrée appartient Diogène.
Aristipe était né dans les murs de Cyrène,
En pliant sa doctrine à son goût personnel,
Son système eût pour but le bonheur actuel ;
Il prescrivait pourtant la vertu, la sagesse,
Pour dompter les défauts de l'humaine faiblesse.
Vers cette même époque, argumentant, Pyrrhon
Imprimait à l'esprit une indécision
Qui guidait les humains au douteux scepticisme :
Platon reproduisit le spiritualisme ;
Dès qu'il eût consulté les hommes de talent
Qui pouvaient éclairer son génie éminent,
Il rentra dans l'Attique établir son école,
Faire admirer à tous sa profonde parole ;
Disciple de Socrate, il savait, comme lui,
Prendre en ses arguments la raison pour appui .
Et sa philosophie était , quoique imparfaite ,
Expliquant l'univers , beaucoup moins incomplète ;
Sa savante doctrine éclaire le mortel ,
Veut qu'en tout le savoir se rende universel.

Pour majeure clarté, son sublime génie
S'occupe, en instruisant, de la psycologie,
Étude nécessaire à l'homme de savoir,
Qu'activant le cerveau, l'aide à bien concevoir,
Facilite à l'esprit des idées nouvelles
Qui peuvent, par degrés, éclairer les cervelles
Sur la création des systèmes divers
Qu'harmonieusement règnent dans l'univers;
Leur suprême moteur, leur rapport, leur lumière,
Surtout la loi qui rend égale leur carrière,
Secret impénétrable aux esprits d'ici-bas,
Tant qu'un principe faux égarera leurs pas.
Cette erreur, où le mal sans cesse les entraîne,
Si nuisible aux savants du Tibre et de la Seine,
En égarant leurs pas les tient hors du chemin
Qui, seul, peut les conduire à leur sublime fin,
Exacte vérité que le passé dénote.
A Stagire naquit le savant Aristote,
Duquel Platon avait, le plus sublimement,
Par ses doctes leçons cultivé le talent.
Quoique supérieur à plusieurs grands génies
Par la sublimité de ses catégories
Et le raffinement de son argumenter,
Il n'a pas su, plus qu'eux, clairement expliquer

L'ordre de la nature et les grands phénomènes
Qu'ignorent, jusqu'ici, les cervelles humaines,
Et qui sont un problème insoluble à l'esprit.
L'on a, de ce savant, un excellent écrit
Sur l'art de raisonner. Sa sublime logique,
Démontrant savamment cette utile pratique,
Facilite à l'esprit la noble faculté
D'expliquer sa pensée avec plus de clarté.
Ce progrès, que l'on doit à son intelligence,
Fait que tous les savants célèbrent sa science.
Son école a produit de bons physiciens
Et, surtout, d'excellents métaphysiciens
Qui, plus ou moins, étaient des matérialistes,
D'après ce raisonner, dangereux moralistes.
Épicure, en savoir, bien plus ingénieux,
Était, pour la morale, autant pernicieux ;
Sa doctrine, guidant au matérialisme,
Entraîne les esprits à l'affreux athéisme.
Zénon, moins dangereux et beaucoup plus savant,
Fit, sous un grand portique, admirer son talent ;
Donnant à la morale une extrême importance,
Il dit qu'elle est, surtout, utile à la science.
Ce fameux philosophe, observant l'univers,
Y trouve bien distincts deux principes divers ;

L'un, actif, est Dieu même, auteur de la lumière ;

L'autre, passif, est tout simplement la matière !

Mais il ose avilir ce raisonner divin,

Soumettant, puis après, l'Éternel au destin !

L'esprit du mal, jaloux des progrès du génie,

De la route du bien aussitôt le dévie,

Lui donne, en même temps, tant de pensers nouveaux,

Qu'il confond, à ses yeux, le vrai parmi le faux.

Pourtant, malgré le mal, ce savant personnage

A prescrit aux humains une doctrine sage,

Que beaucoup de mortels se plaisent d'adopter

Et qui le font encor noblement admirer.

Une foule, après lui, d'hommes assez célèbres,

S'efforcèrent aussi de tirer des ténèbres

La vérité que lui n'avait pu découvrir,

A laquelle l'esprit ne pourra parvenir

Qu'alors que l'homme aura, pour dompter sa faiblesse,

Acquis, contre le mal, l'appui de la sagesse.

Jusqu'à cet heureux jour, les savants plus experts

N'entendront qu'à demi les lois de l'univers.

Cependant, depuis lors, de doctes scolastiques

Se sont rendus fameux dans les murs monastiques ;

Les plus renommés sont, après saint Augustin,

Albert, Lulle, Bacon, Abeillard, Roscellin.

Saint Anselme, surtout, illustrant l'Angleterre,
Rendit sa voix célèbre à jamais sur la terre ;
Supérieur en tout aux hommes de son temps,
Il faisait à l'Europe admirer ses talents,
Et la sublimité de sa dialectique
Attirait les mortels à la foi catholique.
L'Italie eut aussi, dans saint Thomas d'Aquin,
Un illustre docteur. moine Dominicain,
Dont le savoir profond, à la gloire de Rome,
Écrivit doctement son éloquente Somme,
Ouvrage incomparable, où son sublime esprit
Explique avec clarté les lois de Jésus-Christ.
Roger-Bacon, enfin, homme d'un grand génie,
Consacrait à l'étude entièrement sa vie ;
Mathématicien et sublime orateur,
Il possédait encor le talent d'inventeur.
Sur le dogme, pourtant, sa parole incertaine
Aurait nui au repos de l'Eglise romaine,
Si le Pape n'eût pas ordonné que, soudain,
A respecter la foi ce moine fût contraint.
Tous ces docteurs profonds, que l'Eglise renomme,
Jusques à l'infini feront honneur à Rome ;
Ils avaient, la plupart, éclairé leurs esprits
Aux écoles des Grecs ; les doctes manuscrits

Qu'ils laissèrent au monde, illustrant leur mémoire,
Servent de documents aux pages de l'histoire.
Je vous ai, jusqu'alors, décrit les plus savants
Connus dans l'univers par leurs nobles talents.
Cette narration a conduit mon langage
Des sages de la Grèce à ceux du moyen-âge;
Je retourne, à présent, vous parler du pays
Où les savants ont fait admirer leurs écrits;
Surtout quand Périclès, secondant son génie,
Se plaisait d'illustrer Athènes, sa patrie.
Les superbes palais, les temples somptueux,
Dans ses murs renommés étaient tous merveilleux.
De pompeux monuments, surtout les obélisques,
Y rendaient encor plus ses places magnifiques.
C'est là que les pinceaux d'Apelle et de Xeuxis,
Par des tableaux divins qui n'auraient pas de prix,
Rendaient aux nations leur mémoire éternelle.
La main de Phidias, celle de Praxitelle,
Savaient, par l'art exquis de leurs savants ciseaux,
Donner presque la vie au marbre de Paros!
De Vénus, d'Apollon, les superbes statues,
Et tant d'autres encor qui restent inconnues,
Surprenaient les regards des fameux connaisseurs
Et rendaient éternel le nom de ces sculpteurs.

Le juste souvenir que lui garde l'histoire,
En Europe surtout, éternise leur gloire ;
Mais tous ces monuments, par l'histoire vantés,
Soit par le vandalisme ou par leurs vétustés,
N'offrent plus aux regards qu'un précieux décombre
Qui de leur noble éclat atteste encore une ombre.
Tout faisait renommer ce pays glorieux,
Où le savoir humain était prodigieux ;
Les beaux-arts illustraient cette auguste patrie,
L'on y voyait, alors, fleurir la poésie :
Homère, Euripide, Eschile, Anacréon,
Acquirent, dans ses murs, un glorieux renom.
Les plus profonds savants concouraient à sa gloire,
Démosthènes rendit célèbre sa mémoire,
Lorsque, contre Philippe, éternisant sa voix,
De sa patrie en pleurs il défendit les droits.
Que peut, contre un tyran, la sublime éloquence ?
Philippe la priva de son indépendance.
Athènes, dès ce jour, sous son joug oppresseur,
Vit misérablement décroître sa splendeur.
Mais, peu de temps après, ce despotique maître
Périt assassiné par le poignard d'un traître,
Mort, qu'en vain, en tous lieux, menace les tyrans!
Alexandre, son fils, à l'âge de vingt ans,

Hérita de son trône et subjugua la Grèce.
Rien pouvait contenir sa fougueuse jeunesse :
Trente mille soldats et cinq mille chevaux
Le suivirent braver Darius et les flots.
Les guidant aux combats, son ardeur héroïque
Leur fit, malgré Memnon, traverser le Granique,
Renverser, d'un seul coup, les nombreux ennemis
Et ranger sous ses lois cet immense pays !
Memnon le vit, ce jour, vainqueur de son armée,
Établir noblement sa haute renommée,
Aller, sans s'arrêter, combattre Darius,
Qu'après avoir perdu la bataille d'Issus,
Vit ce grand conquérant, ravager la Lybie,
En glorieux vainqueur fonder Alexandrie,
Puis d'Arbelles, venir recueillir, à la fois,
Le prix de sa victoire et le mettre aux abois !
Ce valeureux héros, marchant toujours en tête,
Poursuivit ses exploits de conquête en conquête,
Soumit tous les pays situés vers l'Indus,
Vengea cruellement la mort de Darius !
Suze, Persépolis, et même Babylone,
Voulurent enrichir son auguste couronne,
Porus qui prétendait résister à ses lois,
Dut se soumettre à lui comme les autres rois !

Son indomptable ardeur, continuant la guerre,
Aurait probablement soumis toute la terre,
Si ses vaillants soldats ne l'avaient pas contraint
De freiner son courage et rebrousser chemin !
D'une unanime voix, ces preux guerriers sans crainte,
Contre son propre instinct élevèrent leur plainte.
Forcé de réprimer son intrépide ardeur,
Il sut, rétrogradant, leur cacher sa douleur !
Mais tous ses compagnons par ses nobles largesses,
Reçurent amplement la part de ses richesses,
Après avoir ainsi partagé son butin,
Il mourut au sortir d'un splendide festin !
Jeune encore et sans fils, son immense héritage
Fut pour ses généraux d'un envieux partage,
Qui, pendant près d'un siècle, attisant les combats,
En vingt pays divers fit semer le trépas !
Des confins de la Perse aux bords de la Phrygie,
La guerre ne cessa d'ensanglanter l'Asie,
Les opulents pays qu'avait vaincus Cyrus,
Y compris les états florissants de Crésus,
Par l'instabilité des richesses humaines,
Furent après soumis aux légions romaines,
Voilà comment finit ce fameux conquérant
Que l'histoire surnomme Alexandre-le-Grand.

Intrépide aux combats jusques à l'imprudence,
Son esprit faiblissait sous sa vaste puissance ;
Son âme, étant dès lors sans élévation,
Abandonnait son cœur à la corruption.
Le meurtre de Clytus, la mort de Calhistènes,
Que l'histoire reproche à ses atroces haines ;
Plusieurs coups de vengeance unis à ces forfaits,
Flétrissent de ce preux la mémoire à jamais.
Le monde, cependant, doit à son grand génie
D'avoir fait adopter, presque à toute l'Asie,
L'esprit industrieux du genre européen
Et rendu trafiquant le peuple égyptien.
Jusques à lui, des Grecs, telle est la noble histoire
Dont l'abrégé succinct, en manière oratoire,
A dû suffisamment éclairer votre esprit.
Pourtant, ce soir, avant d'achever mon récit,
Je vais vous informer qu'illustrant son veuvage,
Didon, aux bords d'Afrique, édifia Carthage ;
Cette émule de Tyr, par ses nombreux vaisseaux,
Se rendit pleinement souveraine des flots ;
Son immense commerce exploitait l'Ibérie,
Tous les lieux renommés de la Luzitanie.
Les gains qu'elle faisait dans ces pays lointains
Excitèrent bientôt les avides Romains

Qui, jaloux d'être seuls les maîtres de la terre,
Firent, contre Carthage, une implacable guerre.
Malgré que la valeur du fameux Annibal
Défendît ses remparts en guerrier sans égal.
Scipion l'Africain, aux dernières batailles,
Restant de lui vainqueur, renversa ses murailles
Et soumit cette ville aux tyranniques lois
De l'orgueilleux Sénat qui détrônait les Rois!
Demain vous apprendrez, aimable Philomène,
Les faits plus importants de l'histoire romaine;
Vous jugerez, par eux, combien ce peuple altier
Désirait, sous son joug, mettre le monde entier.
Mais, avant de quitter cette agréable vigne,
Nous allons voir d'ici, partir de la Consigne,
Presqu'en un même instant, deux superbes bateaux
Que la seule vapeur poussera sur les flots.
Cette force motrice, invention nouvelle,
Éclose depuis peu d'une humaine cervelle,
D'après Londres, serait due au génie anglais.
A l'opposé, Paris dit qu'un savant français
Découvrit le premier la force successive
Que donne la vapeur à la locomotive
Pour traîner les wagons sur les chemins de fer,
Ou faire, sans retard, voler dessus la mer

Les agiles bateaux qui, d'un à l'autre monde,
Sans le secours du vent fendent aujourd'hui l'onde,
La vapeur de Marseille arrive aux bords du Nil,
Passant par Gibraltar va tout droit au Brésil,
Après avoir doublé le cap Bonne-Espérance,
Joint à Pondichéri, riche comptoir de France,
Et peut aller partout sans autre risque enfin
Que de se voir manquer le charbon en chemin.
Pour prévoir ce besoin, une mesure sage
Établira plusieurs grands dépôts de chauffage,
Où les vaisseaux pourront s'y pourvoir en passant
Du combustible utile à leur foyer ardent.
Ainsi les voyageurs, sans l'Autan ni Borée,
Peuvent joindre à leur gré, dans l'Inde Hyperborée,
Aller de côte en côte au pays Labrador ;
Lassés de parcourir les froids climats du nord,
Revenir visiter Boston, Philadelphie,
Les peuples plus lointains de la Patagonie,
Et passer désormais, sans le secours du vent,
D'un hémisphère à l'autre assez facilement.
Mais le Tage, déjà joignant à la Réserve,
Avec le Léopold semble aller de conserve,
Nous les verrons bientôt tous deux se séparer,
L'un cingler vers Livourne et l'autre, sans tarder,

8

Faire de son côté route sur Barcelone,
Ira, de port en port, de Cadix à Lisbone.
Sans torturer la tête, aujourd'hui la vapeur
Pourrait illuminer l'esprit observateur,
Si la philosophie, envieuse à connaître
Les secrets éternels de notre divin Maître,
Pour arriver au but, encor mieux que Newton,
Prenait dans ses calculs conseil de la raison.
Profitons à propos que la lune nouvelle
Éclaire encor nos pas jusques à ma chapelle;
Demain, en reprenant le fil de mon discours,
Sous un nouvel abri j'en poursuivrai le cours.

CINQUIÈME JOURNÉE.

Fondation de Rome. Continuation de l'Histoire Romaine jusqu'à l'invasion des barbares. C'est en racontant le triomphe d'Octave élu l'Auguste de Rome, que la Sainte Vierge donne connaissance de la venue au monde de notre divin Sauveur qu'elle a conçu dans son sein; sa cruelle Passion; la mission de ses Apôtres qui, après sa mort, combattirent les faux dieux, propagèrent l'Evangile en tous les lieux de la terre, etc., etc., etc.

Quoique dans plusieurs lieux les personnes pieuses,
M'aient fait édifier des chapelles pompeuses,
Où les jours solennels des pays plus lointains,
Viennent me supplier grand nombre des humains ;
Qu'au fameux mont Carmel je sois la titulaire,
De l'ordre renommé du sacré scapulaire,
Qu'en Asie, en Afrique, en Europe, au Pérou,
Portent dévotement les gens pieux surtout;
Qu'enfin au mont Serrat, lieu saint de l'Ibérie,
Qui surpasse en splendeur les plus beaux d'Italie,
Où ma statue en or, ouvrage précieux
Qu'une savante main a rendu merveilleux,

Reçoit journellement des peuples de la terre,
Même des Irlandais soumis à l'Angleterre,
De superbes présents qui, la plupart en or,
De ce temple divin accroissent le trésor !
Autour de mon autel sept lampes somptueuses,
Font resplendir au loin les pierres précieuses,
De la couronne en or qui brille sur mon front :
Magnifique présent qu'Alphonse d'Aragon
Me fit à son retour, quand par mon assistance,
Je le rendis vainqueur des Maures à Valence ;
Puis sur son char, couvert de lauriers glorieux,
Il retourna vers l'Ebre en roi victorieux !
Son fils Ferdinand prit pour épouse Isabelle,
Vainqueur de Boadil, à Grenade avec elle ;
Le nom de cette reine est devenu fameux !
Et Christophe-Colomb, par ses soins généreux,
Franchissant le cancer, découvrit l'Amérique.
Mais voyez de ce port l'entrée est magnifique ;
Marseille a, pour mes yeux, de séduisants attraits !
J'aime de tout mon cœur le peuple Marseillais !
Du matin jusqu'au soir ses mains industrieuses
Ne cessent un instant d'être laborieuses,
Et, tel que Dieu le veut, chacun de son côté,
Fait son devoir au rang où le sort l'a placé,

Sans que jamais la haine, encore moins l'envie,

Parviennent à troubler cette douce harmonie ;

Quoique brusque en parlant, il a le cœur humain,

Se prête avec plaisir à l'aide du prochain.

Dieu qui le voit ainsi secourir la misère,

Rend, dans tout l'univers, son commerce prospère !

Lorsque vous connaîtrez la bonté de son cœur,

Vous vous joindrez à moi pour prier le Sauveur

D'éloigner de ce port la terrible tourmente,

Et rendre à l'infini Marseille florissante ;

Les nombreux habitants de ce charmant séjour,

Prospèreront alors au gré de mon amour.

Je commence à présent la cinquième journée

Par Numitor, roi d'Albe et descendant d'Énée,

Qu'avait dépossédé son frère Amulius,

Et que les deux jumeaux Rémus et Romulus,

Après avoir chassé l'usurpateur du trône,

A leur royal aïeul rendirent la couronne !

La réputation d'intrépides soldats,

Qu'ils s'étaient, tous les deux, acquis dans les combats,

Ainsi que le renom d'unir à leur courage

L'impartialité qu'ils mettaient au partage

De l'immense butin qu'on faisait chaque jour,

Saccageant les pays situés à l'entour,

Attirèrent près deux tous ceux que l'infamie
Éloignait pour toujours des murs de leur patrie ;
Coupables, la plupart, de monstrueux délits,
Ils accouraient se joindre à ces autres proscrits.
Leur nombre grossissant, Romulus crut utile
De les réunir tous dans les murs d'une ville ;
Rémus, se déclarant contraire à ce dessein,
Expira sous les coups de son frère inhumain.
Ce fratricide, après, de Rome put sans crainte,
Sur le mont Palatin édifier l'enceinte,
Qui, par ses monuments et sa célébrité,
Est maintenant chef-lieu de la chrétienté ;
Romulus dans ces murs jaloux d'établir l'ordre,
Y prévenait à temps les sujets de désordre,
En secondant des siens le transport belliqueux,
Il les guidait souvent en chef audacieux,
Attaquer ses voisins, surprendre leur faiblesse,
Sans motif que celui de piller leur richesse !
Ces injustes combats loin de nuire aux Romains,
Finirent par ranger sous leurs lois les Sabins.
Mais la fortune étant devenue inégale,
Pour prévenir les chocs d'une crise fatale,
Il fit patriciens les riches vaniteux,
Les divisant ainsi des plébéiens nombreux.

Puis tira des premiers les hommes politiques,
Chargés d'administrer les affaires publiques,
Parmi lesquels il prit les membres du sénat,
Corps, qu'avec lui, devait constituer l'état !
De nombreux règlements civils et militaires
Finirent d'irriter les nombreux prolétaires,
Enfin sa tyrannie aigrissant tous les cœurs,
Il fut assassiné d'ordre des sénateurs.
Voilà comment périt ce cruel fratricide,
De trésor et de gloire extrêmement avide !
Numa Pompilius, qu'on prit chez les Sabins,
S'occupa d'adoucir les farouches Romains.
De ce roi vertueux la sage politique
Rendit Rome pieuse et surtout pacifique,
Mais malheureusement, victime de l'erreur,
Il ne s'inclinait point au divin Créateur !
Ainsi que les Sabins, un penser déplorable
Lui faisait adorer les faux dieux de la fable !
Par cette cécité, l'ennemi des mortels
Conduisit les Romains aux pieds de leurs autels.
Cinq autres rois après occupèrent le trône,
Quatre furent aussi dignes de la couronne :
Tulus, Ancus, Tarquin, monarques belliqueux,
Aux plus sanglants combats furent victorieux !

Sous leurs gouvernements Rome fut embellie,
Ses murs fortifiés, son enceinte agrandie,
Quoique Tarquin ne fût qu'un vil usurpateur,
Il sut faire aux Toscans redouter sa valeur,
Et rendre encore plus formidable la ville !
Servius Tullius, souverain plus habile,
Exempta de l'impôt plusieurs patriciens,
Réduits par la misère au rang de plébéiens.
C'est lui qui fit après former les centuries
Où par classes les voix s'y trouvaient recueillies.
Mais les patriciens, en formant les trois quarts,
Étaient ainsi certains d'aller seuls prendre parts
Aux actes du pouvoir qu'une coutume sage
Soumettait prudemment au général suffrage,
En rendant ainsi nul le vote plébéien
Il accrut plus encor l'orgueil patricien !
Sous lui Rome prit nom de ville au sept collines,
Et l'usure sans crainte exerça ses rapines;
Tarquin second, son gendre et son lâche assassin,
Obtint, sans être élu, le pouvoir souverain ;
C'est lui qui fit bâtir le fameux Capitole,
Où Jupiter avait sa magnifique idole,
Devant laquelle allait s'incliner ce tyran ;
Sextus, un de ses fils, indigne de son rang,

Déshonora son nom violentant Lucrèce :
Cet horrible attentat d'exécrable bassesse,
Contre son père et lui souleva les Romains,
Le sénat à leurs voix proscrivit les Tarquins.
Dès ce jour s'établit l'atroce oligarchie,
Qui fit longtemps verser le sang de la patrie !
L'opulente noblesse et l'orgueilleux sénat
Dirigeaient seuls alors le pouvoir de l'état ;
Depuis ce jour fatal, Rome républicaine
Vit naître dans son sein mille sujets de haine ;
Abusant de leurs droits les nobles vaniteux
Rendaient chaque jour plus le peuple malheureux !
Épuisant les moyens d'aggraver sa misère,
Dès qu'ils l'eurent rendue on ne peut plus amère,
Il fut, les yeux en pleurs, contraint de s'émigrer,
Le sénat consterné de le voir éloigner,
Lui commit Agrippa qui par son beau prologue,
Débitant savamment sa brillante apologue,
Promit au peuple alors, qu'à son retour soudain,
Un corps de magistrats tous choisis dans son sein,
Serait élu par lui sans crainte de manèges
Pour rendre à l'avenir sacrés ses privilèges !
Que ce corps respectable, ainsi que le sénat,
Ferait partie aussi du pouvoir de l'état !

Le peuple moins touché de son apologie,
Qu'il n'était pénétré d'amour de la patrie,
Plein de ce doux espoir, rentra dans son berceau,
Voulant rendre à jamais célèbre un jour si beau,
Il nomma Mont Sacré l'endroit où, pour sa gloire,
Il avait obtenu cette auguste victoire,
Se croyant dès ce jour délivré de ses fers.
Mais le démon du mal, seul guide des pervers,
Irritant, à tous pas, le fiel de la noblesse,
Lui fit nouvellement opprimer sa faiblesse ;
Et pour mettre le comble à ce fatal état,
Après avoir détruit Tribuns et Consulat,
A dix cruels tyrans il donna la puissance !
Rome, sous eux, perdit sa noble indépendance,
Et l'un d'eux, Claudius, monstre luxurieux,
Qui rendit aux Romains son pouvoir odieux,
Se laissant entraîner d'une impudique envie,
Priva de chasteté la jeune Virginie,
Que son père voulut soustraire au déshonneur,
Immolant cette fille aussi chère à son cœur,
Les plébéiens armés contre l'auteur du crime
Pour punir le coupable et venger la victime,
Détruisirent d'un coup l'affreux décemvirat,
Rétablirent après Consuls et Tribunat,

Rome entière ce jour, d'espérance ennivrée,
Se croyait des tyrans à jamais délivrée,
Mais l'ennemi du bien, cet esprit infernal,
Qu'avec tant de raisons l'on appelle le mal,
Craignant voir ici-bas un seul jour heureux l'homme,
Vomit au même instant la discorde dans Rome.
Dès ce moment fatal sa criminelle voix
Fit machiner partout les plus sanglants exploits !
Tandis que ses soldats s'illustrant à la guerre,
Jusqu'au delà des mers lui soumettaient la terre ;
Qu'auprès d'Aix les Teutons, vaincus par Marius,
Pouvaient plus s'opposer que joints à Catulus,
Ces deux fameux guerriers signalant leur courage,
Des Cimbres, à Verceil, fissent un grand carnage ;
Enfin, qu'en tous les lieux, la valeur des Romains
Fit fléchir sous ses lois les peuples plus lointains,
Au retour des combats l'orgueilleuse noblesse
S'emparait des trésors acquis par la prouesse !
Pour obtenir sa part, le pauvre vainement,
Devant les tribunaux réclamait constamment,
L'or des nobles savait corrompre la justice ;
Malgré qu'au tribunat, contre cette injustice,
Les hommes vertueux élevassent leurs voix
Pour soutenir le peuple et défendre ses droits ;

Les trésors corrupteurs de l'aristocratie,
Sans craindre de verser le sang de la patrie,
Séduisaient sourdement de lâches plébéiens,
Qui, pour l'or, se vendaient aux vils patriciens !
C'est ainsi qu'au moyen de leurs noires attaques,
Les nobles rancuneux firent périr les Gracques ;
Pendant ces grands conflits, l'atroce Opìmius
Mit lâchement à prix la tête de Caïus,
Qu'un infâme assassin dès lors à sa poursuite,
Pour un égal poids d'or vint lui livrer de suite.
Le parti plébéien privé de leur appui,
Vit bientôt Marius se dévouer à lui,
Ce fameux général, ardent démocratique,
Ennemi de Sylla, chef aristocratique,
Comme lui tour à tour répandait la terreur ;
Vaincu deux fois par lui, deux fois de lui vainqueur ;
Quoique livrés tous deux à la vengeance atroce,
Contre ses ennemis Sylla fut plus féroce !
Magistrat inhumain, il fit, hors des combats,
Massacrer de sang-froid plusieurs mille soldats,
Et proscrivit enfin, pour assouvir sa rage,
Jusques aux sénateurs qui lui portaient ombrage.
Voilà comment partout les chefs de faction
Répandent à leur gré la désolation !

Les deux partis lassés de ces sanglantes scènes
Laissèrent quelque temps assoupies leurs haines !
Mais la discorde affreuse enviant ce repos,
De son antre fatal méditait d'autres maux.
César, Crassus, Pompée, hommes de grand génie,
Tous trois ambitieux de guider leur patrie,
Redoutant les discours du probe Cicéron,
Autant que la vertu de l'austère Caton,
Cherchèrent, chacun d'eux, en politique habile,
De les faire au plus tôt éloigner de la ville.
L'un fut à fuir ses murs contraint par Claudius.
L'autre, à Chypre envoyé d'intrigue de Crassus,
Vit, à son grand regret, de cette île lointaine,
S'affaiblir dans les cœurs l'ardeur républicaine,
Et Pompée et Crassus, joignant au consulat,
Se rendre désormais les maîtres de l'état !
Mais contre eux la discorde, infernale ennemie,
Qu'en tous temps, en tous lieux, désole la patrie,
Rendant César jaloux de son compétiteur,
Des partis sourdement attisait la fureur ;
Leurs voix électrisaient le vainqueur de la Gaule,
Il vint tel qu'un éclair braver le Capitole,
Poursuivit son rival jusqu'au delà des flots,
Et resta triomphant de ce fameux héros !

Après ce grand combat le front couvert de gloire,
Il retourna dans Rome illustrer sa victoire.
La magnanimité de son cœur généreux
Ne se lassait jamais de faire des heureux !
Tandis qu'avec ses lois il rendait Rome libre,
Les pervers l'accusaient d'assujettir le Tibre ;
L'infâme Oligarchie, attisant Cassius,
Arma l'atroce main du coupable Brutus,
Qu'en entrant au Sénat poignarda ce grand homme.
La mort de ce héros fit longtemps gémir Rome
Qui vit bientôt former l'ardent triumvirat,
Implacable vengeur de ce vil attentat ;
Dans son transport cruel, ce pouvoir redoutable
Rendit aux conjurés sa vengeance effroyable.
L'un de ces triumvirs, Octave, à tout égard,
Mérita d'être élu successeur de César.
Dès que près d'Actium, à l'honneur de combattre,
Antoine eût préféré de suivre Cléopâtre,
Octave se rendit de son rival vainqueur
Et retourna dans Rome en grand triomphateur !
Le Sénat l'éleva jusqu'à l'honneur du trône
Sans pourtant lui donner celui de la couronne.
Les Romains fatigués de voir couler le sang
Bénirent tous aussi son pouvoir bienfaisant.

Agrippa, Pollion et Mécènes le juste
Lui firent décerner l'insigne nom d'Auguste !
Rome vit, dès ce jour, ses glorieux remparts
Devenir, par ses soins, le séjour des beaux-arts.
Mais malgré les progrès que fesait le génie,
Les peuples de l'Europe et tous ceux de l'Asie
Ignoraient le vrai Dieu, croupissaient dans l'erreur,
N'avaient jamais recours au divin Créateur !
Lui, suspendant alors le fléau de la guerre,
Daigna se révéler aux peuples de la terre.
Mon doux amour pour lui, mon respect pour ses lois,
Firent que sa bonté m'honora de son choix !
Je conçus, dans mon sein, sa parole féconde
Et mis au jour, par lui, le rédempteur du monde !
Jésus, ce divin fils, presque à peine enfanté,
Confondit les docteurs prônant la vérité ;
Homme né sans orgueil, bien différent des autres,
Parmi les gens obscurs choisit ses douze apôtres
Qui, loin d'être effrayés de sa cruelle mort,
Craignirent point, pour lui, subir le même sort.
Instruits par les leçons de ce divin Messie,
Ils soutinrent ses lois au péril de leur vie.
Les peuples de Judée, accourant près de lui,
Ne pouvaient désormais s'éloigner de celui

Qu'expliquant chaque jour ses sublimes oracles,
Faisait devant leurs yeux les plus frappants miracles
Et promettait surtout aux hommes vertueux,
D'être, après leur trépas, à jamais bienheureux !
L'esprit du mal, jaloux que sa simple éloquence
Instruisît les humains, éclairât l'ignorance,
Redoutant que la voix de ce divin Sauveur
Ne tirât tout-à-fait les mortels de l'erreur,
Souleva contre lui, par l'infâme machine,
Les Scribes, ennemis de sa sage doctrine
Qui, soudoyant le peuple, obtinrent par sa voix
Que Pilate le fit expirer sur la croix !
Ici, je ne pourrai que faiblement décrire
Les barbares tourments de son cruel martyre ;
Mais, son sang glorieux, en dépit des enfers,
Du vice originel délivra l'univers !
Les apôtres, l'esprit rempli de ses paroles,
Combattirent après les païennes idoles,
Leur bouche publia l'évangile en tous lieux
Et partout Jésus-Christ triompha des faux dieux.
Embrasés, dès ce jour, d'une divine flamme,
Ils n'eurent tous, entr'eux, plus qu'un cœur et qu'une âme.
Pénétrés aussitôt d'ardente charité,
Ils volèrent chacun sauver l'humanité.

Pour conquérir les cœurs, se partageant la terre,
Contre l'esprit du mal ils soutinrent la guerre,
Et leur victoire auguste, au plein gré du Sauveur,
Ne fit jamais couler d'autre sang que le leur !
La plupart embarqués sur de frêles navires,
Furent, bravant les flots, affronter les martyres
Chez les peuples gentils, aux climats plus lointains ;
Plusieurs vinrent prêcher la foi chez les Romains
Qui, gouvernés alors par des tyrans féroces,
Leur firent endurer les tourments plus atroces.
Là, Saint Pierre et Saint Paul, accusés sans raison,
Furent martyrisés par ordre de Néron !
Ce barbare empereur, monstre affreux d'injustice,
Se vit lui-même après condamner au supplice,
Et dut, pour se soustraire à la main du bourreau,
Se faire poignarder par son chef de bureau ·
Juste punition d'un tyran sanguinaire
Qui, sur un vil soupçon, fit égorger sa mère !
Galba fut après lui, de même que Pison,
Lâchement massacré par manèges d'Othon ;
L'affreux Vitélius, tyran de sa patrie,
Faisait couler les pleurs de l'entière Italie,
Lorsque Vespasien, arrivant au pouvoir,
Ranima des Romains le courage et l'espoir ;

9

Il fit bientôt cesser les abus, la rapine,
Rétablit sans délai la bonne discipline,
Protégea les beaux-arts, embellit la cité,
Et fut, après sa mort, bien longtemps regretté.
Titus, son successeur, guerrier dès son bas-âge,
Eut, joignant au pouvoir, la sagesse en partage ;
Malgré que dans son temps quantité de fléaux
Exposèrent l'empire aux plus terribles maux,
La bonté de son cœur et sa grande sagesse
Rendirent moins amers ces moments de détresse.
Dans leur reconnaissance, il fut, par les Romains,
Justement surnommé : Délices des humains !
Il prévit les malheurs, en terminant sa vie,
Où son frère, après lui, plongerait la patrie.
Ce vil Domitien, prince luxurieux,
Rendit bientôt à tous son pouvoir odieux ;
Cruel comme Néron, il fut, dans sa colère,
Contre les chrétiens encor plus sanguinaire ;
C'est ce noir empereur qui proscrivit Saint Jean !
Le plaisir qu'il avait à répandre le sang
Lui fit, par ses bourreaux, martyriser en Grèce
L'apôtre Saint André, modèle de sagesse ;
Mais il dut, à sa honte, en despote infernal,
Payer un vil tribut au tyran Dorcebal.

Le ciel, pour le punir de tant d'énormes crimes,
Le fit périr de meurtre, ainsi que ses victimes.
Après sa mort, Nerva, respectable vieillard,
Élu pour remplacer ce cruel léopard,
Permit pourtant, avec excessive indulgence,
Aux soldats du préteur d'exercer leur vengeance ;
Honteux de sa faiblesse, il choisit sur le champ
Pour collègue au pouvoir le valeureux Trajan.
Cet insigne espagnol, resté seul sur le trône,
Sut rendre chère à tous son auguste couronne !
Le Danube lui vit, par de fameux exploits,
Subjuguer la Dacie et Dorcebal deux fois,
Ranger ce beau pays sous sa loi souveraine
Et le réduire après en province romaine.
De ce grand souverain l'intrépide valeur
Des Alpes au Liban répandait la terreur ;
Les glorieux lauriers qui couronnaient sa tête
Des pays plus lointains assuraient la conquête.
Pourtant les chrétiens, faussement accusés,
Furent, à son vouloir, proscrits, persécutés ;
Plusieurs actes honteux que rappelle l'histoire
De ce grand empereur ternissent la mémoire !
Il laissa sa couronne au savant Adrien ;
Ce prince que guidait le doux amour du bien,

Aussi bon général qu'excellent politique,
Avait de gouverner une habile pratique ;
C'est lui qu'avec un mur bâti chez les Bretons
Prévint des Écossais toutes incursions.
La gloire de l'empire occupait son génie
Lorsque Barchochebas souleva la Syrie ;
Cet imposteur, rendant les Romains odieux,
Avait armé les Juifs, plus superstitieux,
Contre les preux soldats de ce monarque auguste.
Quoiqu'il réprimât tôt cette révolte injuste,
Un noir chagrin, depuis, altérant sa santé,
Lui fit commettre alors d'actes de cruauté
Qui noircirent beaucoup le reste de sa vie.
Il prit pour successeur, aux vœux de la patrie,
Antonin, le pieux. Ce sage souverain,
Bien digne d'être chef de l'empire romain,
N'eut d'autre ambition, soit en paix, soit en guerre,
Que de faire admirer ses vertus sur la terre !
Sa générosité ne se lassait jamais,
Mais le plus grand de tous ses augustes bienfaits
Fut celui de laisser son trône à Marc-Aurelle.
Tel que lui, ce monarque à la vertu fidèle,
Suivit les nobles pas de son prédécesseur ;
Philosophe et, surtout, magnanime empereur,

Malgré que dans ce temps la peste et la famine
Unissent leur fureur à la guerre intestine,
Contre ces trois fléaux ses nobles qualités
Le firent triompher de leurs calamités.

Sous lui, des chrétiens la cohorte admirable
Hâta des Marcomans la déroute effroyable ;
Leur fervente prière obtint du Rédempteur
Cette auguste victoire à ce sage empereur.

Son fils Comode, après, peu digne d'un tel père,
Méchant comme Néron, plus que lui sanguinaire,
Se livrait d'habitude à sa noire fureur ;
Indigne de régner, cet atroce empereur
Périt après treize ans de cet affreux délire.

Le docte Pertinax eut ensuite l'empire ;
Ses réformes, outrant les farouches soldats,
A la première émeute il reçut le trépas.

Le trône, mis alors à la publique enchère,
Fut de suite occupé par Septime Sévère
Qui vola sur le champ vaincre ses deux rivaux,
Punit de Pertinax les coupables bourreaux,
Rabaissa le Sénat, pour sa gloire complète,
Lui fit tôt parvenir d'Albinius la tête.

A son avènement, quoique chef des païens,
Il n'était point cruel contre les chrétiens.

Leurs rapides progrès outrant sa jalousie,
Il se livra contre eux à d'actes de furie !
Mais quand Caracala conspira pour régner,
Cet âpre déplaisir le fit tôt succomber.
Ce fils ingrat, alors, de régner seul avide,
Ainsi que Romulus, se rendit fratricide.
De son trône sanglant, ce monstre plein d'orgueil,
Couvrit son nom d'opprobre et l'empire de deuil.
L'ambitieux Macrin le priva de la vie ;
Élu son successeur, les troupes de Syrie
Mirent bientôt à mort un monarque intrigant
Qui terminait toujours la guerre avec l'argent.
Bassianus, après, souverain de l'empire,
N'a laissé de son nom rien d'honorable à dire.
Par les prétoriens lâchement massacré,
Il fut, des sénateurs, sagement remplacé.
Alexandre Sévère, élevé sur le trône,
Se rendit, dès ce jour, digne de la couronne ;
Prenant toujours conseil des hommes vertueux,
Ses souveraines lois rendaient son peuple heureux.
L'administration, pleine d'abus énormes,
Reçut, par son vouloir, les plus sages réformes.
Les Romains bénissaient cet auguste empereur,
Occupé constamment à faire leur bonheur.

Quand, pour discipliner l'armée en Germanie,
L'avide Maximin lui fit ôter la vie,
Cet intrépide Goth obligea le sénat
De laisser dans ses mains le pouvoir de l'Etat.
La conspiration, adroitement formée,
Pour lui ravir le trône en séduisant l'armée,
Contre les grands de Rome irrita sa fureur,
Sa vengeance, aussitôt, répandit la terreur.
Mais, en voulant réduire Aquilée à l'extrème,
Il fut, par ses soldats, assassiné lui-même.
Près de vingt empereurs, en moins de quarante ans,
Occupèrent, chacun, le trône peu de temps.
Aucun d'eux n'ayant fait rien de bon pour sa gloire,
Leur règne est presque nul aux pages de l'histoire;
Ils laissèrent au monde un si faible renom
Que je m'abstiens ici de rappeler leur nom.
Pourtant Aurélien et Probus l'économe
Gouvernèrent, tous deux, honorablement Rome
L'un, à peine empereur, défit les Marcomans,
Subjugua sans retard tous les Etats Normands.
Pour alléger l'impôt, ses décrets salutaires
Condamnaient à la mort les concussionnaires :
Il reçut le trépas d'un de ses officiers.
Probus, ainsi que lui, se couvrit de lauriers :

Les Goths, les Bourguignons, les Germains, les Vandales,

Subirent, tour-à-tour, ses lois impériales;

Il fit exécuter des utiles travaux,

Dessécher des marais, creuser plusieurs canaux;

Mais, voulant rétablir la bonne discipline,

Des féroces soldats, avides de rapine,

Redoutant d'être mis sous un sévère frein,

Osèrent massacrer ce sage souverain

Et mirent sur le trône un préfet du prétoire,

Carus, qu'au bout d'un an mourut aussi sans gloire.

L'ennemi qui frappa son fils Numérien

Ayant été percé par Dioclétien,

Ce preux Dalmate, alors, resté maître du trône,

A Maximilien fit part de sa couronne.

Elevés au pouvoir, ces deux guerriers fameux,

Des insurgés, bientôt, furent victorieux,

Domptèrent les Gaulois, soumirent la Dacie,

Subjuguèrent à fond toute la Sarmatie;

Pourtant ces empereurs malgré tant de succès,

D'autres rébellions se voyant menacés,

Convinrent sagement, pour conserver l'empire

Et prévenir les maux qui pourraient le détruire,

De nommer deux Césars qu'adjoints à leur pouvoir

Les aidassent tenir les peuples en devoir.

Avec Galère l'un divisa sa puissance,

L'autre la fit aussi partager à Constance.

Tous les quatre d'accord furent, dès ce moment,

A guider leur état chacun indépendant.

La noble activité de ces valeureux princes

Tint, chacun sous son joug, les nombreuses provinces,

Et Constance surtout habile à gouverner

Même chez les Bretons se faisait admirer ;

Sur Dioclétien l'intrépide Galère

Avait tant d'ascendant, qu'irritant sa colère

Il le rendit cruel contre les chrétiens,

Pour les contraindre tous à se faire païens.

C'est sous cet empereur, ma fille que vous-même,

Fûtes martyrisée à cause du baptême ;

De ces trépas cruels les affreux souvenirs

Font appeler ce temps triste ère des martyrs.

Le divin Rédempteur, touché des morts tragiques

Qu'ordonnaient sans frémir ces souverains iniques,

Pour mettre un terme enfin à ces scènes d'horreurs,

Qui livraient chaque jour les chrétiens aux pleurs,

Daigna faire cesser cet abus de puissance,

Faisant naître aussitôt d'Hélène et de Constance,

Un prince vertueux qui, dès ses premiers ans,

Cultiva dans son cœur les dix commandements ;

Jaloux de suivre un jour l'exemple de sa mère,
Il brûlait d'arriver au divin sanctuaire;
Aussi dès qu'il joignit au pouvoir souverain
Rome vit aussitôt le sage Constantin
Laisser se dépérir l'absurde paganisme;
Pour mieux favoriser le doux christianisme,
Il permit de prêcher la loi de Jésus-Christ;
Le culte des païens dès lors presque proscrit,
Déchut puis tout à fait quand Constantin, lui-même,
Fut au pied de l'autel recevoir le baptême.
Cette conversion, si fatale aux païens,
Fit triompher partout la foi des chrétiens,
Rome leur vit bâtir des temples magnifiques,
Et la croix s'établit sur les places publiques,
Les grands en général jaloux de ce succès,
Méditèrent, entre eux, des infâmes projets,
Qui devaient tôt livrer ce monarque à leur haine,
Pour rendre à l'infini leur noire intrigue vaine
Constantin fit bâtir une immense cité,
Qui put, contre leur fiel, le mettre en sûreté,
Donnant son nom auguste à l'ancienne Bysance
Il en fit dès ce jour sa noble résidence.
Cette ville où régna ce souverain puissant,
Par un destin instable appartient au sultan;

C'est de là que depuis le joug de sa hautesse
Sur tant de chrétiens s'aggrave avec rudesse;
Cependant le démon voyant avec horreur
Que le christianisme était enfin vainqueur ,
Séduisit Arius, prélat d'Alexandrie,
Et lui fit susciter la première hérésie
Qui, privant Jésus-Christ de la divinité,
A pour seul point d'appui sa passibilité;
Malgré que Constantin, dans les murs de Nicée,
Fit par des saints prélats condamner sa pensée,
Ce schisme injurieux qu'~~ puyait le démon
Foulant l'autorité de ce sacré canon ,
Chez la plupart des Grecs prit de suite racine
Et les tient séparés de l'Église latine.
Ses trois fils, à sa mort, partagèrent soudain
Tout le vaste pays de l'empire romain ;
Aucun d'eux se trouvant satisfait du partage
Ils osèrent entre eux se livrer au carnage ;
Constantin deux reçut, dans ces sanglants combats,
De la main de son frère un bien cruel trépas !
Celui-ci devenu victime de Maguence,
L'empire resta tout au pouvoir de Constance.
Qu'appelant près de lui Julien l'apostat
Daigna l'associer au pouvoir de l'État.

Mais ce prince obstiné dans le polytéisme
Fit, apostasiant, tort au christianisme
Et permit aux païens de faire en tous les lieux
Relever sans retard les autels des faux dieux.
Le Sauveur, outragé de son apostasie,
A l'expédition qu'il fit contre l'Asie,
Rendit le roi Sapor vainqueur de ses sodats ;
Ne pouvant désormais soutenir les combats,
Les fautes qu'il commit hâtèrent sa défaite,
Rendirent tout-à-fait sa déroute complète :
Ses revers et sa mort furent assurément
De sa perversité le juste châtiment !
L'armée ayant placé Jovien sur le trône,
Son trépas l'empêcha de porter la couronne !
Le pouvoir fut alors donné par les soldats
Et d'unanime voix de tous les magistrats
A Valentinien, qu'associant son frère,
Remplit, d'après ce choix, l'Orient de misère ;
Lui, s'étant réservé l'empire d'Occident,
Combattit les Saxons, les défit pleinement ;
Ses généraux aussi partout se distinguèrent,
Les Pictes, les Bretons à leurs chocs succombèrent,
Même les Africains vaincus jusqu'aux abois,
Bien qu'au delà des flots, subirent tous leurs lois.

Mais son frère Valens , par d'ordres tyranniques,
Ne cessa d'opprimer les peuples catholiques !
Leur persécution lui faisait négliger
De combattre les Goths qui venaient l'attaquer.
Il expia bientôt cette lâche imprudence
Par une mort affreuse et pleine de souffrance.
Théodose le Grand, élu par Gratien ,
Espagnol, surnommé : le Trajan chrétien,
Arrivant au pouvoir, détruisit les sectaires,
Fit de suite cesser leurs luttes sanguinaires ;
Les barbares vaincus dans les plus grands combats
Furent par lui contraints à fuir de ses états.
Victorieux enfin d'Albogard et Maxime,
Il vengea Gratien, les punit de leur crime ;
Ayant ainsi soumis tout l'empire romain,
En resta désormais l'unique souverain.
C'est lui qui réprima l'ardeur théologique.
Pour consolider mieux le culte catholique
Il ordonna soudain qu'on fît, dans tous les lieux,
Abattre sans retard les autels des faux dieux ;
Par ses puissantes lois les sectes asservies
Durent tenir dès-lors leurs haines assoupies ;
Le paganisme à fond, renversé cette fois,
Du divin Rédempteur vit triompher les lois !

Cependant la rigueur de cette intolérance
Ne suspendit jamais son auguste clémence
Qui, loin de condamner les hommes égarés,
Lui faisait pardonner jusques aux conjurés.
Ses deux fils, partageant son immense héritage,
Eurent pour chacun d'eux un empire en partage :
Constantinople fut la part d'Arcadius,
Rome devint aussi celle d'Honorius.
Ruffin tint le premier sous son âpre tutelle,
Stilicon dirigea le second avec zèle.
Les barbares alors, par Valens introduits,
De leurs invasions vinrent cueillir les fruits.
Le roi des Visigoths livra Rome au pillage ;
Constantinople aussi, victime du ravage,
Vit saccager ses murs par les brigands du Nord ;
La Gaule avait déjà subi le même sort.
Goths, Vandales, Alains, venus de l'Allemagne,
Furent sur plusieurs points, assujettir l'Espagne,
Les riches bords du Tage et du Guadalquivir
Sur leurs fertiles champs les virent s'établir,
En puissants potentats fonder leur dynastie
Et régner longuement dans la riche Ibérie.
Tel fut le triste sort de l'empire romain
La discorde partout répandait son venin,

Tous les savants imbus d'un ergoteur génie
Ne s'occupaient alors que de théologie.
Au moyen de leur fausse interprétation,
Ils chicanaient les points de la religion ;
Le démon, attisant ces esprits sophistiques,
Persécutait ainsi les peuples catholiques,
Lorsqu'un ordre puissant de l'empereur Justin
Contraignit chaque secte au silence soudain,
Les hérétiques, tous, obligés de se taire,
Conservèrent pas moins leur esprit adversaire
Qui, du catholicisme entêté chicaneur,
Interprète à son gré la loi du Rédempteur.
Bien que Justinien, en montant sur le trône,
Avait cru par ses lois raffermir la couronne,
L'empire entièrement était sur son déclin ;
Rome, en proie aux partis, le vit joindre à sa fin,
Quand l'empereur Léon prohiba les images
Que le chef de l'Église avait mis en usages.
Le peuple révolté contre cet empereur
En le privant du trône accorda cet honneur
Au Pontife romain, et voulut, ce jour même,
Qu'il ceignit des Césars l'auguste diadème !
Mais ce riche ornement, ouvrage de l'orgueil,
N'a cessé de couvrir l'humilité de deuil.

Depuis lors, bien souvent, la vanité mondaine
A troublé le repos de l'Église romaine.
De l'apôtre Saint Pierre heureux le successeur
Qui n'est point ébloui de ce titre d'honneur,
Qu'au sein du Vatican, déployant tout son zèle,
Sait prendre, à chaque pas, le Sauveur pour modèle,
Conduire en vrai pasteur, aidé du Saint-Esprit,
Le troupeau qu'à sa garde a laissé Jésus-Christ.
Heureusement que là se finit, Philomène,
Le succinct abrégé de l'Histoire Romaine,
Car le ciel, tout-à-coup, est devenu si noir,
Qu'il ne tardera pas sans doute de pleuvoir ;
Profitons du moment et tâchons au plus vite,
Accélérant le pas, de regagner mon gîte ;
Si demain au matin il ne tombe point d'eau,
Je conduirai vos pas sous un abri nouveau ;
Là, vous continuant l'histoire à mon usage
Je vous raconterai celle du moyen-âge.
Cet émouvant récit vous mettra sous les yeux
Pour modèle éclatant l'évêque de Lisieux

SIXIÈME JOURNÉE.

Elle contient l'histoire du moyen-âge; celle du faux prophète Mahomet. Les faits les plus remarquables des nations européennes.
L'hérésie de Luther; celles de Calvin et de Zuingle. Les massacres des deux factions d'Angleterre, Yorks et Lancastres. Le
massacre de la Saint-Barthélemy auquel l'évêque de Lisieux refusa de se prêter, etc., etc., etc. Henri IV monte sur le trône de
France. Cromwel excite la guerre civile, en Angleterre, contre
Charles Iᵉʳ; ce roi perd la bataille de Nazebi; livré par des Écossais aux milords anglais, il est décapité par ordre du Parlement,
etc., etc., etc.

Pendant toute la nuit une averse effroyable

Me faisait redouter qu'un jour presque semblable

Nous aurait empêchés de sortir ce matin;

Heureusement le ciel redevenu serein

M'a permis de guider vos pas sous cet ombrage

Tout proche du nouveau bassin du carénage

Qu'on a fait dans le roc profondément creuser

Exprès pour les vaisseaux que l'on veut radouber.

Le fort Saint-Nicolas, placé sur la colline,

Dans toute sa longueur d'un côté le domine;

10

Louis-le-Grand le fit élever à ses frais
Pour préserver ce port d'un coup de main anglais.
Je vais continuer l'histoire de ce monde,
Narrant succinctement les faits dont elle abonde :
Sachez que les amas des barbares du Nord
Des peuples du Midi vinrent changer le sort ;
Après avoir pillé les villes de la Grèce
Et livré ce pays à l'extrême détresse,
Les Hérules, les Goths, les Vandales, les Francs
Se répandant partout devinrent si puissants
Que tandis qu'Alaric ravageait l'Italie,
Le roi des Visigoths dévastait l'Ibérie.
Des Francs belligérants le formidable essaim,
Ne pouvant subsister sur les rives du Mein,
Vint combattre, au Brabant, les légions romaines
Et s'établit vainqueur sur ces fertiles plaines.
Malgré que Pharamond le guidait aux combats,
Que Mérovée après, chef de tous ses soldats,
Donna son nom aux rois de la première race,
L'histoire de la France avec justice place
Le valeureux Clovis, premier roi des Français,
Qui, soit par ses exploits, comme par ses bienfaits,
Est nommé fondateur de cette monarchie
Que depuis l'ennemi n'a jamais asservie.

Clotilde, son épouse et nièce d'un grand roi,
Professait saintement la catholique foi ;
Par ses rares vertus cette insigne princesse
Faisait à son époux admirer sa sagesse.
Désirant lui donner le Sauveur pour soutien,
Elle le conjurait de se faire chrétien ;
Lui faisait, à ce prix, espérer la victoire.
Clovis, à Tolbiac, s'étant couvert de gloire,
Retourna couronné de lauriers immortels,
Et reçut le baptême aux pieds des saints autels ;
Plusieurs grands de sa Cour suivirent son exemple.
Clotilde obtint de lui qu'un magnifique temple
A l'honneur de Jésus fût construit à grands frais
Pour rendre un si beau jour mémorable à jamais.
Les Pictes dans ce temps ravageaient l'Angleterre,
Son peuple recourut, pour leur faire la guerre,
Aux Angles, aux Saxons qui, guidés par Hengist,
De tous les Écossais purgèrent le pays.
Mais, à peine restés maîtres de ces provinces,
Ils ne songèrent plus qu'à s'établir en princes ;
Chargèrent les Bretons de tant d'affreux liens
Qu'ils se rendirent pis des Calédoniens !
Pour détruire ces fers, rendus insupportables,
Croyant que les Danois seraient plus raisonnables,

A leur protection ils eurent tôt recours ;
Mais Suénon leur fit payer cher son secours.
Quoique Canut-le-Grand fût un roi moins austère,
Les Bretons ennuyés de sa race étrangère
Élurent, pour monarque, Édouard, confesseur.
Harold, après sa mort, était son successeur ;
Au grand combat d'Hasting ayant perdu la vie,
Le trône resta libre au duc de Normandie
Qui, prenant dès ce jour le nom de conquérant,
Fit respecter à tous ses lois sévèrement.
Ce valeureux Guillaume, intrépide à la guerre,
Du vil joug étranger délivra l'Angleterre
Et sut faire, au moyen de ses nobles exploits,
Honorer sa couronne à tous les autres rois.
L'Écosse qu'il dompta, sans lui rester soumise,
A depuis respecté les lois de la Tamise.
La France avait aussi des Mérovingiens
Passé dessous le joug des Carlovingiens.
Malgré que Pépin eût usurpé la couronne,
Le pape, Étienne deux, légitima son trône,
Et lui, reconnaissant de ce bienfait, soudain
Fit don de l'Exarchat au pontife romain,
Auquel il plut aussi joindre la Pentapole.
Après avoir ainsi satisfait sa parole,

Il vainquit les Saxons, dompta les Bavarois,
Fut mettre, au Languedoc, les Maures aux abois,
Réduisit les Gascons, asservit l'Aquitaine,
En fit de la Couronne un précieux domaine.
Mais son fils, Charlemagne, encore plus que lui,
Des lois du Rédempteur fut l'admirable appui.
C'est lui qu'après avoir soumis la Lombardie,
Du vil tyran Didier délivra l'Italie;
Vainqueur de Tessaillon, poursuivant ses exploits,
Il fut, des ennemis, délivrer les Hongrois,
Dompta le Danemark, asservit l'Allemagne,
Vola puis disperser les Sarrasins d'Espagne.
Le pontife romain, pour prix de sa valeur,
Lui couronna le front du bandeau d'empereur.
Ce prince valeureux avait placé la France
A l'honorable rang de suprême puissance!
Protecteur du savoir, il sut par ses bienfaits
Dans les murs de Paris l'établir à jamais.
Le peuple entier, d'après ses lois Capitulaires,
Pouvait alors, ainsi que les grands dignitaires,
Siéger au Champ de Mai pour régler en débat
Le moyen de pourvoir aux besoins de l'État.
Cet auguste monarque, en savant politique,
Fit répandre en tous lieux l'instruction publique,

Voulut qu'aux tribunaux, à l'abri de ses lois,
Chacun, en général, pût défendre ses droits.
Mais hélas ! ces décrets, œuvre de sa prudence ,
Des abus plus amers ne sauvèrent la France !
Son peuple y vit toujours l'ambition des grands,
Ainsi que les impôts, s'accroître tous les ans ;
Ces charges qu'on rendait parfois insupportables
Produisirent souvent des luttes effroyables !
Plusieurs siècles avant, un homme audacieux,
Koreichite, Mecquois, en tout prodigieux,
Médita l'art subtil, dans son humble retraite,
De faire croire au monde être le grand prophète
Choisi de l'Éternel pour établir soudain ,
Parmi les nations, un précepte divin ,
Qu'ayant pour fondement la loi de la nature,
Devait à l'avenir rendre l'âme plus pure.
Pour mieux accréditer ses éloquents discours
Et séduire plus tôt les gens des alentours,
Il répandait aussi, raffinant son langage,
Que l'ange Gabriel, en céleste message
Envoyé près de lui, d'ordre du Tout-Puissant,
Lui dictait, point par point, l'infaillible Alcoran
Qui seul pouvait servir à régler la croyance
Qu'exige des mortels la divine puissance.

C'est ainsi que la voix du fourbe Mahomet,
Avec le seul appui de son brillant caquet,
Établit l'Alcoran aux murs de l'Arabie,
Le propagea de là presqu'en toute l'Asie.
Ensuite la valeur de Mahomet second
Le fit avec les siens traverser l'Hellespont.
Hélas ! depuis ce jour toute la Terre Sainte
A porter le joug turc si durement contrainte,
Désire voir cesser cet état de douleur.
Puisse bientôt la loi du divin rédempteur
Détruire dans ces lieux l'erreur de l'islamisme
Et faire triompher le doux christianisme !
En attendant ce temps qui doit la délivrer,
Je reprends mon récit et vais vous informer
Qu'en France, Hugues Capet, prince plein de courage,
Des Carlovingiens possédait l'héritage.
Élevé sur le trône avec l'appui des grands,
Sa race produisit d'augustes conquérants
Qui, par leurs preux exploits et plus par leur sagesse,
De ce puissant royaume accrurent la richesse,
L'aggrandirent au point qu'aujourd'hi son confin
Va de la Bidassoa jusques au bord du Rhin.
Parmi tous ces grands rois si vantés par l'histoire,
Saint Louis s'est acquis la véritable gloire !

La branche des Valois et celle des Bourbons
Furent de ce bon roi les dignes rejetons.
Déjà les habitants de la Scandinavie,
Y compris même aussi ceux de la Moscovie,
Se prosternaient au pied de l'adorable croix,
Du divin rédempteur suivaient les douces lois,
Le schisme d'Arius troublait pourtant l'Église !
A peu près dans ce temps, Pise, Gênes, Venise,
Lasses de supporter le joug ultramontain
Que détestait aussi le peuple florentin,
S'unirent dans l'espoir d'affranchir l'Italie ;
Les Gibelins voulaient la tenir asservie,
Mais les Guelfes vainqueurs, après de grands combats,
Formèrent à leur gré plusieurs petits États
Qu'érigés, chacun d'eux, en sage république,
Mirent, à leur honneur, la justice en pratique.
Tant que l'amour de l'or et l'appât des grandeurs
N'eurent point égaré l'esprit des sénateurs,
Leurs actes furent tous dictés par la sagesse.
Les Espagnols étaient aussi dans la détresse ;
Les Maures les avaient tous réduits aux abois
Dès que pour étendard ils eurent pris la croix !
Ferdinand d'Aragon et la reine Isabelle
S'empressèrent d'unir leurs soldats autour d'elle ;

Puis guidèrent leurs pas vers les bords du Xenil.
Vainqueurs, presque aussitôt, du soudan Boadil,
Ils voulurent, aux vœux des ardents fanatiques,
Rendre d'autorité les Maures catholiques ;
D'affreux bourreaux, contre eux, épuisant leurs fureurs,
Livrèrent ce pays aux plus âpres douleurs !
Le pontife romain créa le saint office ;
Ce tribunal sévère inflige le supplice
Que souffrent dans l'enfer les noirs esprits malins.
En condamnant au feu ces malheureux humains,
Il leur fit encor plus abhorrer l'Évangile.
A cette époque là, Colomb, marin habile,
D'après les notions de son docte cerveau,
Disait, à l'Occident, être un monde nouveau
Qui pourrait enrichir Gênes, sa république.
Le doge déclara son dire chimérique ;
La France et l'Angleterre, avec un ton moqueur,
Rejetèrent le plan de ce navigateur ;
Il eut alors recours à la reine Isabelle.
Jalouse d'acquérir une gloire aussi belle,
Elle lui fit de suite équiper trois vaisseaux
Qu'après avoir franchi l'immensité des flots,
Au delà du Cancer découvrirent une île,
Terre pauvre et surtout d'un abord difficile.

Mais quelques jours après, Colomb, en les guidant,
Joignit à Saint-Domingue, où l'or est abondant.
Son peuple hospitalier, traitant avec largesse,
Aux marins espagnols découvrit sa richesse;
Tant que Colomb contint par son autorité
De tous ses matelots l'ardente avidité,
Il fit aux naturels admirer sa justice;
Sa modération était surtout propice
Pour répandre en ce lieu la foi de Jésus-Christ;
Ce peuple en peu de temps se serait converti.
De ses vils successeurs le traitement inique
Fut tout-à-fait nuisible à la foi catholique !
Cortez, Pizzare, Almagre, atroces, inhumains,
Semèrent la terreur dans ces climats lointains;
Pour amasser de l'or se couvrirent de crimes,
Firent, tous trois, périr des milliers de victimes !
Malgré qu'Atabalipe, enchaîné sans raison,
Eût donné son trésor pour payer sa rançon,
Pizzare, par un trait d'extrême barbarie,
Fit ôter à ce roi cruellement la vie !
Ce grand crime irritant tous les Péruviens,
Leur rendit en horreur la foi des chrétiens.
De Lascasas témoin de ces scènes horribles
Ne cessait d'accuser ces tyrans inflexibles;

Sa paternelle voix joignit à Charles-Quint !
Ce monarque, à ces maux voulant tôt mettre fin,
Nomma Vaca de Castre, homme intrépide et sage,
Qu'arrivant au Pérou fit cesser le carnage.
Les employés jaloux que son autorité
Réprimât les abus de leur cupidité ;
Par leur manège affreux obtinrent sa disgrâce !
Pierre de la Gasca fut occuper sa place ;
Aussi sage et vaillant que son prédécesseur.
De Pizzarre au plus tôt il se rendit vainqueur !
C'est ce preux vice-roi, qu'à la mère-patrie
Soumit cette puissante et riche colonie
Qui fit regorger d'or les coffres de Madrid.
Alors, dans Witemberg, un esprit érudit,
Luther, moine contraire aux abus du papisme,
Chez le peuple saxon fondait un nouveau schisme.
Sa sublime éloquence attirait près de lui
Les docteurs plus savants qui lui servaient d'appui.
Sa voix persuadait la ville et la campagne,
Elle alarmait, surtout, l'empereur d'Allemagne
Qu'attisait contre lui le pontife romain.
L'ardente activité de ce Moine Augustin,
Que plusieurs électeurs secondaient avec zèle,
Propageait vers l'Oder sa doctrine nouvelle,

Qui semblait menacer, dans ces moments d'effroi,
Jusqu'à ses fondements la catholique foi.
Sur les rives de l'Elbe, une sanglante guerre
Avait, du sang chrétien, déjà rougi la terre ;
Malgré que le parti de Luther fût moins fort,
Il savait, aux combats, ne point craindre la mort,
Et voyait, chaque jour, augmenter son armée.
Charles-Quint, nonobstant sa haute renommée,
Se trouva démonté lorsqu'un grand potentat,
Après avoir juré la foi de l'apostat,
N'écoutant plus alors que son ardent courage,
A la tête des siens vint affronter l'orage.
Charles-Quint, redoutant son intrépidité,
Pour faire tôt cesser cette calamité,
Convint, dès ce moment, qu'une ample tolérance
Laisserait à chacun libre sa conscience ;
Qu'en toute l'Allemagne on pourrait professer
Le culte catholique ou celui de Luther,
Sans que l'autorité de Rome ou de l'empire
Pût, sous aucun prétexte, y trouver à redire.
Cette convention, désarmant les partis,
Fit de suite cesser ces terribles conflits.
Mais, tandis que Luther fondait son hérésie,
Calvin introduisait une autre apostasie

En France, à Genève, et sa sublime voix
Dirigeait John Kenos et de Bèze à la fois.
Zuingle aussi, dans Zurich, prêchait une doctrine
Tout-à-fait opposée à l'Eglise latine.
Le Souverain Pontife, ému de leurs progrès,
Fit, à Trente, assembler les évêques exprès;
Afin qu'incontinent ce concile suprême
Sur ces trois apostats fulminât l'anathème;
Qu'ensuite il ordonnât, sans le moindre sursis,
Que la main du bourreau brûlât tous leurs écrits.
Les décrets fulminants des prélats catholiques
Aigrirent encor plus ces sectes hérétiques
Qui, se tenant partout les armes à la main,
Craignaient peu les canons du concile romain.
Voilà comme, ici-bas, l'humanité fragile
Explique, en sens divers, le divin Evangile.
Chaque secte croyant de l'interpréter mieux,
Veut soutenir sa foi, même offensant les cieux.
Dans leurs ardents débats, ainsi qu'en Angleterre,
Elles ne craignent point d'ensanglanter la terre.
Pendant ces grands conflits qu'attise le démon,
Les chrétiens, entre eux, s'égorgent sans pardon.
Philomène, telle est des mortels la folie;
L'esprit malin, jaloux de tourmenter leur vie,

Fait naître à chaque instant quelque sujet nouveau,
Qu'entraînant leur faiblesse, égare leur cerveau.
C'est ainsi que l'on vit un Anglais gentilhomme
S'élever fortement contre l'énorme somme
Que payait l'Angleterre au pontife romain.
Voulant la libérer de cet impôt, soudain,
Avec l'art raffiné de son subtil langage,
Il prouvait clairement l'abus de cet usage;
Sa voix, qu'applaudissaient les professeurs d'Oxford,
Persuadait aussi tous les grands de Windsor.
Quand les deux factions des Yorks, des Lancastres,
Livrèrent l'Angleterre à d'horribles désastres.
Ma langue ne saurait vous peindre ces horreurs,
Qu'on ne peut rappeler sans répandre des pleurs.
Comment dépeindre, hélas! ces scènes de carnage,
Ces massacres cruels, ces excès de la rage,
Où des monstres affreux osaient, s'avilissant,
S'exterminer entre eux, sans égard pour leur rang!..
De ces atrocités qui flétrissent l'histoire,
Celle qu'assurément fut alors la plus noire,
C'est quand, dans sa fureur, l'exécrable Richard
Egorgea de sa main les deux fils d'Edouard.
Cet affreux souverain par le plus noir des crimes,
Fit tomber sous ses coups ces royales victimes,

Qu'il fut assassiner, dans la fatale tour,
Où ces deux innocents vivaient privés du jour !
Le ciel, pour mettre un terme à cette boucherie,
Et punir de ce roi l'atroce barbarie,
Permit que Richemond, débarquant à Milford,
Vint l'égorger lui-même au combat de Boswort.
Là, des Platagenet se termina la race,
Et celle des Tudor prit noblement sa place.
Henri sept, élevé sur le trône royal,
Porta le dernier coup au règne féodal,
Gouverna son royaume avec grande sagesse ;
Craignant trop d'épuiser son immense richesse,
Il refusa d'un coup son généreux appui
Au célèbre Colomb qui recourait à lui,
Pour aller, à ses frais, jusqu'au loin franchir l'onde,
Sûr, de le rendre là, maître d'un nouveau monde ;
S'il n'eut pas été tant avare de son or,
Il eut à l'Angleterre acquis ce grand trésor ;
Henri, son second fils, héritier de son trône,
Avait su de bonne heure illustrer sa couronne ;
Rome l'avait nommé défenseur de la foi,
Quand, par une conduite indigne d'un grand roi,
Il osa, sans motifs, répudier la reine,
Et transgresser la loi de l'église romaine !

Des six femmes qu'il prit, au gré de son cerveau,
Il en fit périr trois par la main du bourreau.
Pour mettre enfin le comble à son penser profane,
Il se déclara chef de l'église anglicane ;
Plusieurs sectes depuis ce despotique édit,
Chacune à sa manière adore Jésus-Christ.
Quelle que soit leur foi, la campagne et la ville
Suivirent, plus ou moins bien, le divin Évangile !
Les puritains surtout semblent avoir à cœur
D'observer pleinement la loi du Rédempteur :
La branche des Valois régnait alors en France
Où les arts libéraux encore dans l'enfance,
Pour hâter leurs progrès, avaient François premier ;
Sous la protection de ce roi chevalier,
Paris vit, par ses soins, plusieurs hommes de lettres
Illustrer leurs écrits, prendre les Grecs pour maîtres;
Marot et Duchâtel, ainsi que Rabelais,
Par leurs brillants écrits charmèrent les Français ;
Malgré que Charles-Quint, jaloux jusqu'à l'envie,
Fît ce roi prisonnier sous les murs de Pavie,
Qu'il le tînt à Madrid plus d'un an dans les fers,
Se rendant même là supérieur aux revers,
Il fit à son rival admirer sa sagesse,
Et sut à son retour réparer sa détresse.

Son règne fit fleurir les arts et le savoir.
Charles-Quint au contraire, ennuyé du pouvoir,
De ses vastes états abdiqua la couronne;
Dès que Philippe deux fut assis sur le trône,
Sa noire politique ainsi que ses agens,
De l'Europe au Mexique opprimèrent les gens.
Le duc d'Albe surtout tourmentait la Belgique,
Ses habitants lassés de son joug despotique.
S'armant contre un pouvoir qui les faisait gémir,
Jurèrent, dans Utrecht, de vaincre ou de mourir;
La reine Elisabeth, princesse d'Angleterre,
Au prix de ses trésors soutint leur juste guerre,
Leiscester et ses preux, unis aux Hollandais,
Contraignirent Philippe à leur donner la paix!
Depuis ce jour heureux les provinces unies
Sous le joug espagnol n'étant plus asservies,
Portèrent leurs trafics jusques aux lieux lointains;
Partout l'on accueillit leurs habiles marins,
Malgré que de Madrid l'implacable rancune
Tâchait de pouvoir mettre obstacle à leur fortune,
Qu'en leur faisant fermer, par un ordre royal,
Tous les ports de l'Espagne et ceux du Portugal,
On voulait les réduire à l'extrême indigence.
Ces excellents marins, gagnant la confiance,

Des peuples commerçants, jusques chez les Malais,
Se firent préférer aux marchands portugais.
Leurs vaisseaux traversant le détroit de la Sonde
Allaient négocier jusqu'aux confins du monde;
Les îles de Tidor, d'Amboine et du Japon
Virent avec plaisir flotter leur pavillon;
Leur noble activité, que guidait la sagesse,
Rendant en peu de temps immense leur richesse,
Ils ne craignirent plus que leur état naissant
Retombât sous le joug de leur cruel tyran.
Amsterdam, aujourd'hui leur ville capitale,
Des plus belles cités est l'illustre rivale,
Bien qu'élevée aux bords d'un lieux marécageux,
Elle a dans ses remparts d'édifices pompeux,
Qu'aux yeux des étrangers la rendent admirable.
Christian, roi danois, fut en tout détestable :
Ce monarque inhumain, par d'horribles forfaits,
Prétendait d'enchaîner la Suède à jamais ;
Mais Gustave Vasa, sauvé du grand carnage,
Des Daleckarliens ranimant le courage,
Guida leurs légions aux plus sanglants exploits,
Et sa valeur brisa les fers du roi danois.
Le traité de Calmar détruit par sa victoire,
Fut pour les Suédois un jour d'extrême gloire,

Qu'ils voulurent d'accord solenniser à plein,
Donnant au grand Vasa le pouvoir souverain.
A peine il fut assis sur son glorieux trône,
Pour rendre chère à tous son auguste couronne,
Il fit dans tous les lieux avec habileté,
Remettre le commerce en pleine activité ;
C'est lui qui, séparé de l'église latine,
Leur fit puis de Luther embrasser la doctrine;
Cet exemple entraîna le peuple norwégeois,
Et conduisit de même au schisme les danois.
Ses fameux successeurs suivant sa politique,
Soutinrent ardemment cette secte hérétique,
Le preux Gustave Adolphe, élu son défenseur,
Avait déjà vaincu plusieurs fois l'empereur,
Quand la mort à Lutzen, sans respect pour sa gloire,
Vint frapper ce héros sur son char de victoire !
L'intrépide Tilly, vanté par tant d'exploits,
Fuyait confus devant ce prince suédois !
Henri second, guidant ses troupes vers Mayence,
Avait uni Metz, Toul et Verdun à la France,
Ces trois fils, après lui, régnèrent à leur tour,
Rendirent, chacun d'eux, odieuse leur cour.
Catherine, leur mère, intrigante fameuse,
Fille de Médicis, extrêmement peureuse,

Se laissait par de Guise et bien d'autres bigots.

Aisément alarmer contre les Huguenots,

Qui, toujours menacés par ces bigots iniques,

Recherchaient le secours des autres hérétiques

Et faisaient néanmoins de rapides progrès.

Catherine et sa cour, redoutant leurs succès,

Avaient, au vil moyen de la plus noire intrigue,

Ourdi secrètement une infernale ligue,

Qui se livrant au crime à leur premier signal,

Devait les massacrer partout en général,

Et le roi Charles neuf, d'exécrable mémoire,

Malgré l'extrême horreur d'une trame aussi noire,

Au lieu de s'opposer à ce massacre affreux,

Des fenêtres du Louvre osa tirer sur eux !

Ainsi ce roi barbare, indigne de son trône,

Tel qu'un vil assassin, dégrada sa personne.

Mais tandis qu'à Paris la Saint-Barthélemy

Voyait martyriser l'amiral Coligny !

Que livrée aux excès la fanatique rage

Egorgeait, sans pitié du sexe ni de l'âge,

Des pères malheureux, des mères, des enfants,

Et des vieillards courbés sous le poids de leurs ans;

L'évêque de Lisieux, d'un zèle apostolique,

Cette nuit, à l'honneur du culte catholique,

Loin d'obéir aux lois d'un monarque inhumain,
Dans tous les huguenots ne vit que son prochain!
Ce vertueux prélat, fidèle à l'Évangile,
Leur donna presque à tous son palais pour asile;
Tandis que les bourreaux épuisaient leur fureur,
Lui se rendait ainsi digne du Rédempteur.
Son courage épargnant de nombreuses victimes,
De cette affreuse nuit diminua les crimes!
Ce généreux bienfait de son cœur paternel
Jusques à l'infini rend son nom immortel!
Plusieurs autres prélats, tels que lui charitables,
Refusèrent aussi de se rendre coupables
D'un massacre cruel qui, déchirant leur cœur,
Ne pouvait qu'offenser le divin Créateur!
Montmorin, ainsi qu'eux, doué d'un cœur sensible,
Au lieu de se prêter à cet ordre terrible,
Repoussa de Clermont le décret inhumain
Qui condamnait à mort la secte de Calvin;
Également, ici, les consuls de Marseille
Aux ordres de ce roi fermèrent leur oreille;
Le divin Rédempteur n'y vit point se rougir
Le fer des assassins du sang d'un seul martyr;
Telle fut des consuls la conduite exemplaire!
Le prince Béarnais, menacé du sicaire

Qu'attisait contre lui la reine Médicis,

Fut, suivi de Mornay, dans le pays d'Aunis ;

C'est de là que tous deux, signalant leur courage,

Résistèrent ensemble aux fureurs de l'orage.

Bien que le roi d'Espagne enflammât les ligueurs,

Ils furent à Courtras de la ligue vainqueurs.

Le dernier des Valois était assis au trône ;

Ce prince aurait pu rendre auguste sa couronne

Si le sort qui le fit naître d'aïeux fameux

L'eut aussi fait régner d'un temps moins orageux !

De Guise, contre lui, soulevait la tempête,

Des nombreux conjurés s'était mis à la tête ;

Se croyant tout-à-fait au dessus de la loi,

Il n'obéissait plus aux ordres de son roi.

Henri trois, que ce duc piquait jusqu'à l'outrance,

Le fit assassiner dans Blois, en sa présence.

Cet horrible forfait resta guère impuni ;

Mayenne, se trouvant aux Seize réuni,

Obtint d'eux qu'au plus tôt une autre ignominie

Punirait de Henri la noire perfidie.

L'hypocrite Clément lui donna le trépas,

Tant aux méchants le crime est facile ici-bas !

Le prince Béarnais, à la fleur de son âge,

Recueillit de plein droit ce royal héritage

Qu'un prince cardinal osa lui disputer ;
Mayenne aussi croyait de se l'approprier,
Mais le divin Sauveur, protecteur de sa race,
De saint Louis voulant qu'il occupât la place,
Ne cessait de bénir ses valeureux soldats,
Le rendait triomphant aux plus sanglants combats.
Philippe et Sixte-Quint, redoutant sa puissance,
Épuisaient leurs trésors pour soulever la France !
La reine d'Angleterre et ses nombreux guerriers
Soutenaient de Henri les glorieux lauriers ;
Le valeureux d'Essex, aux champs de la Champagne,
Rendait nuls les efforts de Rome et de l'Espagne ;
Le Pontife et Philippe en étaient furieux.
Que pouvait leur venin contre l'ordre des cieux !
La France était en proie à la guerre intestine,
Et Paris aux horreurs d'une affreuse famine ;
Les Français, qu'affligeaient ces terribles fléaux,
Suppliaient l'Éternel de terminer leurs maux,
Quand les chefs des ligueurs, fatigués de combattre,
Reconnurent pour Roi l'immortel Henri quatre !
Qui, recevant aussi l'auguste nom de Grand,
Abjura, fut sacré presqu'en un même instant.
Par un prudent édit, les nombreux hérétiques
Concouraient aux emplois tels que les catholiques :

Ils étaie ⋅ tous de même égaux devant la loi
Et pouvaient professer sans obstacle leur foi.
Ce décret solennel, œuvre de son génie ,
Prévenait longuement les maux de la patrie ;
Aussi fut-il de suite accueilli des Français
Comme un gage certain de concorde et de paix !
Mais à peine sorti de sa docte cervelle,
Qu'un coupable assassin, d'une main criminelle,
Lui donnant le trépas, détruisit, à la fois,
L'espoir de la patrie et le meilleur des rois !
Un autre Médicis eut alors la régence,
Laissa partout déchoir la gloire de la France ;
Concini, son élu, dirigeait seul l'État,
Visant à s'enrichir, négligeait son éclat.
Des nœuds sacrés avaient calmé le roi d'Espagne ;
Profitant du moment, l'empereur d'Allemagne
Sur les États voisins, au gré de son vouloir,
Tâchait injustement d'étendre son pouvoir.
Les princes de l'empire, en cette circonstance,
Justement alarmés pour leur indépendance ,
S'empressèrent d'avoir à plusieurs rois recours,
Celui des Suédois, venant à leur secours,
Fit à cet empereur la plus terrible guerre.
Le premier des Stuard régnait en Angleterre ..

Où la religion enflammait les esprits ;
Pour soutenir leur secte armait tous les partis :
Jacques premier, imbu de points théologiques,
Plus qu'il n'était vraiment de choses politiques,
Laissait son favori gouverner seul l'État ;
Ce duc insouciant le guidait sans éclat.
La nation anglaise aussi mal dirigée
N'était cependant pas encor découragée ;
L'on entendait partout la publique clameur
Accuser Buckingham d'infernale noirceur.
Mais à Paris, Louis, devenu majeur d'âge,
Donna, presque aussitôt, preuve de son courage ;
Sans le moindre retard les armes à la main,
Il fit placer la France au premier rang soudain,
Puis choisit pour ministre un cardinal capable
De bien guider l'État, le rendre formidable ;
Jaloux d'accroître en tout la gloire des Français,
Il fut tôt enlever la Rochelle aux Anglais.
C'est lui qui du Piémont franchissant les frontières
Guida jusqu'à Casal ses légions guerrières,
S'y rendit aussitôt l'arbitre des combats
Et revint à Lyon, suivi de ses soldats,
Prendre en tout le conseil de son ministre habile.
Celui-ci se rendait chaque jour plus utile ;

Extrêmement jaloux de tous les favoris,

Surtout ceux qu'il croyait être ses ennemis,

Sur le moindre soupçon, au moyen d'une enquête,

Il faisait, presque à tous, ainsi trancher la tête !

Cette sévérité répandant la terreur,

Le libérait d'avoir aucun compétiteur.

Les plus grands de la cour, même par leur naissance,

Quel que fût leur crédit, redoutaient sa vengeance.

Pourtant ce Richelieu, ministre sans égal,

Qui se faisait haïr de tous, en général,

Ne négligea jamais l'honneur de la patrie ;

C'est à lui que Paris doit son académie.

Protecteur des beaux-arts, sut les faire fleurir,

Même leur préparer un brillant avenir.

Ce cardinal, enfin, si peu fait pour l'Église,

Fit toujours respecter la Seine à la Tamise.

Le Danube et le Tage, à l'honneur de son nom,

Durent, à son vouloir, céder le Roussillon ;

Et la nouvelle France, illustrant sa mémoire,

Célèbre ses bienfaits, éternise sa gloire.

Sa superbe statue, en très beau marbre blanc,

Au Muséum français figure au premier rang.

Jacques, en Angleterre, avec peu de génie,

Laissait accumuler les maux de la patrie.

Sa lâche insouciance aigrissant les esprits,
Fit former, dès alors, deux célèbres partis :
L'un, Wys, soutient depuis la cause libérale;
L'autre, Torys, défend la dignité royale.
Ces deux partis fameux sont encore, aujourd'hui,
Pour le peuple et l'Etat, d'un salutaire appui.
Au sein du Parlement, leur parole éloquente
Prévient tôt les dangers d'une lutte effrayante.
Et même le pouvoir, dans des temps orageux,
Pour calmer les esprits, ne peut se passer d'eux.
Charles premier, montant au trône de son père,
Avait aussi laissé ce duc au ministère
Et fait, d'après sa voix, d'aussi grandes erreurs,
Que toute l'Angleterre était livrée aux pleurs.
L'ambitieux Cromwel, conspirateur habile,
Voulant perdre ce roi par la guerre civile,
Ne cessait, contre lui, d'irriter les esprits.
Sa langue venimeuse et ses mordants écrits,
Dans toutes les cités répandaient les alarmes,
Les différents partis prirent, enfin, les armes.
Dès qu'un lâche assassin eut frappé Buckingham,
Il finit d'attiser le noble Parlement,
Qu'à ce roi malheureux, étant déjà contraire,
Devint, dès ce moment, son fatal adversaire.

Charles, réduit ainsi, sans argent, sans soldats,
Put que très faiblement hasarder les combats.
Fairfax et Manchester, généraux intrépides,
Guidant, à Nazeby, les légions perfides,
De leur roi succombant se rendirent vainqueurs :
Sa tête, mise à prix, malgré ses grands malheurs,
Fut, par des Ecossois que les trésors tentèrent,
Livrée aux Lords anglais qui le décapitèrent !
L'Europe vit alors, pour la première fois,
Mourir sur l'échafaud un de ses puissants rois,
Et les Milords anglais, par un arrêt inique,
Commettre, au Parlement, ce meurtre juridique.
Cromwel avait conduit cet infâme attentat,
Lui-même s'élevant au pouvoir de l'Etat,
Fit verser, à grands flots, le sang de la patrie
Et la tint, sous ses lois, durement asservie.
Cet énorme homicide, exaspérant les cieux,
Rend son nom, sur la terre, à jamais odieux.
Telle est du genre humain la cruelle justice,
Qui condamne souvent l'innocent au supplice ;
Ne pouvant pénétrer jusques au fond des cœurs,
Elle prétend, en vain, juger de leurs noirceurs ;
Un témoignage faux, qu'elle croit véritable,
Peut, chargeant l'innocent, lui cacher le coupable.

Le jury le plus sage, en un semblable cas,
Peut, sur des faux témoins, croire ce qui n'est pas ;
Perdre, par son avis, un accusé sans crime
Et rendre, en cette erreur, ce malheureux victime.
A Dieu seul appartient de juger le mortel ;
Lui seul voit si son cœur est vraiment criminel.
Mais même, en pareil cas, sa divine sagesse
Ayant un juste égard à l'humaine faiblesse,
Dans tous ses jugements que dicte l'équité,
N'est sévère qu'envers la noire iniquité.
Il sait que le démon, habile à le séduire,
Ne cesse d'inventer des piéges pour lui nuire ;
Que cet esprit malin, en séduisant son cœur,
Le conduit dextrement, de l'une à l'autre erreur,
Jusqu'à l'extrême bord de l'infernal abîme
Où son poison finit de le livrer au crime.
C'est ainsi que le mal, à force de forfaits,
Avilit le mortel et le perd à jamais.
Heureux celui qui peut, dès sa tendre jeunesse,
Des piéges du démon préserver sa faiblesse ;
Résister aux assauts de ce malin esprit
Et suivre fervemment la loi de Jésus-Christ !
L'ardent amour du bien que l'Evangile enflamme,
Purifiant son cœur, élève au ciel son âme

Qui, rapprochée ainsi du Créateur divin,
Est, après le trépas, bienheureuse sans fin.
Ah ! des faibles mortels puisse la race entière,
De progrès en progrès, acquérir la lumière
Nécessaire à polir son fragile limon,
Le rendre inaccessible au venin du démon.
Si le saint Evangile éclairait son génie,
L'homme parviendrait vite au bonheur de la vie,
Dès ce jour fortuné, les mortels, en tous lieux,
Seraient, par leurs vertus, dignes du Roi des cieux.
Mais le soleil qu'on voit disparaître sous l'onde,
Va donner le repos à la moitié du monde.
Pendant sa courte absence, à mon regret, je dois
Suspendre le récit que vous faisait ma voix.
Dès qu'il aura du ciel fini le tour immense,
Qu'il reviendra, pompeux, éclairer la Provence,
Je ne manquerai point de vous continuer
Le récit qu'ici-bas peut seul vous éclairer.

SEPTIÈME JOURNÉE.

Mort de Richelieu ; Mazarin lui succède. Louis XIV gouverne seul son royaume. Mort de Cromwel. Charles rentre prendre son royal héritage ; il gouverne les Anglais avec sagesse. Situation des États de l'Europe. Suite du règne de Louis-le-Grand. Ce qu'il y a de plus intéressant dans les nations de l'Europe. Guerre de Marie-Thérèse d'Autriche ; l'élévation de son époux, le duc de Lorraine, au trône de l'empire et mort tragique de l'empereur de Russie, Pierre III. Marie-Antoinette épouse Louis XVI. Guerre d'Amérique, etc. Convocation des États généraux. Commencement de la révolution, etc., etc. Arrestation du roi et de sa famille, etc. Arrêt terrible qui condamne le roi à mort , etc. , etc.

Depuis plus de mille ans que je prête l'oreille

Aux supplications de la belle Marseille,

Je puis vous assurer n'avoir pas une fois

Manqué d'être propice à sa plaintive voix,

Surtout lorsque la peste, arrivant de Syrie,

Dans ses murs florissants vint fondre avec furie ,

De suite elle y sema la terreur et la mort !

Dès qu'elle eut dépeuplé les rues près du Port,

Du quartier de Saint-Jean à celui des Grands-Carmes

Sa terrible fureur mit le comble aux alarmes ;

L'on entendait partout des sanglots et des pleurs,

Les Marseillais en proie aux plus grandes douleurs,

Dans leurs afflictions extrêmement amères,
Accouraient à mes pieds m'adresser leurs prières !
Figurez-vous ma peine en les voyant souffrir !
Aussi je m'empressai de les tôt secourir,
Car, pendant ce fléau, Marseille consternée
Voyait son port désert, sa rade abandonnée,
Son peuple sans travail, prêt à mourir de faim !
Si le don généreux du pontife romain,
Que le Dey de Tunis sut respecter lui-même,
Ne l'avait secouru dans ce besoin extrême.
Le vertueux Belzunce, affrontant le danger,
Ne manquait pas non plus un jour de l'assister,
Parcourant la cité, ce prélat charitable
Tendait aux malheureux une main secourable,
Et tâchait d'amoindrir leurs cruelles douleurs,
La ville entière était ainsi livrée aux pleurs,
Quand Jésus-Christ prêtant l'oreille à mon instance,
Daigna faire cesser cette longue souffrance ;
Le jour du Sacré-Cœur finit l'affreux fléau !
L'Évêque vénérable exhortant son troupeau,
Sur le Cours sans retard fut rendre ce jour même
Grâce au divin Sauveur de ce bienfait extrême.
Depuis lors, tous les ans cette grande cité
Célèbre ce beau jour avec solennité !

Puis quand le choléra, terrible maladie,
Vint, des rives du Gange, assaillir la Russie,
Qu'après avoir franchi la Vistule et le Mein,
Répandu la terreur sur les deux bords du Rhin,
Il joignit, furieux, la merveilleuse plaine
Où, sans rapidité, roule ses flots la Seine ;
Pénétrant aussitôt dans les murs de Paris,
De Casimir Perrier il atteint le logis,
Lui donna le trépas. Son implacable rage
Fit dans tous les quartiers un effrayant carnage,
Menaçant le Midi plus encor que le Nord,
Bientôt des Phocéens il atteignit le port.
Secondé du climat, son venin homicide,
Parcourant la cité d'une course rapide,
Y fit, en un instant, des alarmants progrès,
Chaque jour sa fureur augmentait les décès.
Malgré son grand savoir la docte médecine,
Épuisant vainement sa profonde doctrine,
Ne put point arrêter son effroyable cours.
Comme au temps de la peste, on eut à moi recours ;
Du matin jusqu'au soir des familles entières
Accouraient m'adresser leurs ferventes prières ;
Tous, les larmes aux yeux, me suppliaient de cœur
D'éloigner de ce port ce fléau destructeur.

12

Touchée amèrement de voir couler leurs larmes,
Pour finir au plus tôt leurs cruelles alarmes,
J'obtins du Rédempteur que sa divine main
Daignât du choléra les délivrer soudain.
Monseigneur Mazenod qui, malgré sa vieillesse,
Allait des malheureux soulager la détresse,
Voulut, qu'en général, son fidèle troupeau
Vint me remercier de ce bienfait nouveau,
Et pour que chacun pût m'en rendre un juste hommage,
Il fit à la Major descendre mon image ;
Là, pendant quinze jours, les gens reconnaissants
Vinrent m'y visiter et m'offrir leurs présents.
Marseille, depuis lors, livrée à l'allégresse,
Voit son commerce immense accroître sa richesse !
Le divin Rédempteur, pour grossir son trésor,
De son trône éternel favorise son port.
Maintenant mettons-nous sous ce charmant ombrage
Où prêtant votre oreille à mon touchant langage,
Vous tirerez, ma fille, un utile profit
Des faits que sous vos yeux vous mettra mon récit :
Richelieu n'était plus, Mazarin, à sa place,
Instruit par ses leçons, suivait sa noble trace ;
Bien-aimé de la Reine, elle était son appui,
La Cour n'aurait pourtant pu faire un pas sans lui.

Il avait apporté, venant de l'Italie,
Un esprit souple, adroit, et surtout le génie
De bien juger les gens, tirer bon parti d'eux ;
Si la pourpre ne l'eût rendu trop orgueilleux,
Évitant à propos la guerre de la Fronde ,
Il n'eut pas contre lui soulevé tant de monde.
Cependant la Cour dut à sa subtilité
Le rétablissement de la tranquillité !
Louis quatorze après sut, malgré sa jeunesse.
Guider seul son royaume avec gloire et sagesse ;
Pour gouverner l'État, il fit de suite choix
Des insignes Colbert, Letellier et Louvois,
Tous hommes de savoir dont l'éminent génie
Couvrait à chaque pas de gloire la patrie ;
Le grand Colbert surtout se rendit immortel !
La mort inexorable avait frappé Cromwel ;
Son fils, moins intrigant, permit, en homme sage,
Que Charles deux rentra prendre son héritage.
Ce roi sut gouverner les Anglais prudemment,
Marcher surtout d'accord avec le Parlement ;
C'est lui qui détruisit les charges féodales,
Rendit par ce décret célèbres ses annales.
Habile souverain, il aimait protéger
Le commerce qu'il fit sciemment prospérer ;

Malgré que dans ce temps l'anglaise politique
Envers les Hollandais ne fut point pacifique,
Pendant son heureux règne, il sut adroitement
Se conserver en paix avec Louis le Grand.
Celui-ci qui courait de victoire en victoire,
Rendait les autres rois envieux de sa gloire ;
Mais, malgré leur courroux, en guidant ses guerriers,
Il se couvrait partout de glorieux lauriers.
Pierre le Grand, alors, policait la Russie,
Sobieski relevait l'honneur de Varsovie,
Christine renonçait au trône suédois,
Frédéric gouvernait sagement les Danois,
Léopold irritait les princes d'Allemagne,
Philippe insouciant laissait déchoir l'Espagne
Et le duc de Bragance, aux vœux du Portugal,
Venait de s'affermir sur son trône royal.
Louis le Grand enfin, soit en paix, soit en guerre,
Se faisait admirer des peuples de la terre :
Les nobles envoyés des autres potentats
A ses ambassadeurs devaient céder le pas ;
Avant ce grand monarque aucun roi de la France
N'avait fait éclater tant de magnificence ;
Le Louvres, Saint-Germain et Versailles surtout,
Attestent à jamais sa richesse et son goût.

Le canal qui de Cette arrive à la Garonne,

En passant sous le mont qu'il fit percer, étonne ;

Les fameux arsenaux de Brest, de Rochefort,

Et celui de Toulon plus magnifique encor,

Elevèrent sous lui la marine française,

Au point d'aller sur mer rivaliser l'anglaise.

Les hommes de savoir, même en pays lointain,

Recevaient largement les bienfaits de sa main,

Et son nom qu'à son siècle a conservé l'histoire,

Jusqu'à la fin du monde éternise sa gloire.

Malgré qu'il eût toujours l'amour du bien pour but,

A la faiblesse humaine il dut payer tribut.

L'affreux démon du mal, jaloux de sa sagesse,

Parvint, en séduisant sa bigotte maîtresse,

A lui faire annuler l'édit de son aïeul :

Impardonnable erreur qui mit la France en deuil !

La secte de Calvin, dès ce jour en alarmes,

Pour soutenir sa foi, dut recourir aux armes.

Voilà comment le mal, toujours contraire au bien,

Fit offenser Jésus au roi très chrétien.

Fénélon, s'appuyant sur le saint Evangile,

Contre les Huguenots le rendit moins hostile ;

Mais le décret fatal qui révoqua l'édit,

Avec le seul espoir de plaire à Jésus-Christ,

Au lieu d'être, au Sauveur, un décret agréable,
Des malheurs qu'il causait le rendit responsable.
Pour le punir, alors, le divin Rédempteur
Permit que des revers affligeassent son cœur.
Guillaume qu'en Belgique affrontait les mitrailles,
Elu roi d'Angleterre, en dépit de Versailles,
Lui devint encor plus ennemi dangereux.....
Il reçut aux combats des échecs désastreux,
Qu'avec d'autres malheurs troublèrent sa vieillesse.
Jésus n'oublia point ses actes de sagesse,
Tandis que ses revers l'accablaient de douleurs,
Lui l'aidait à souffrir noblement ses malheurs.
L'hiver le plus affreux et des rois l'alliance
En mille sept cent neuf désolèrent la France.
On voulait lui dicter la plus honteuse paix,
Quand Vendôme et Villards, fameux héros français,
L'un, auprès de l'Escaut, l'autre, dans l'Ibérie,
De lauriers immortels couvrirent leur patrie,
Contraignirent, tous deux, les puissants ennemis
A signer une paix honorable à Paris.
Voilà comment finit la terrible campagne
Qui mit Philippe Cinq sur le trône d'Espagne.
Ainsi ce grand monarque eut l'ineffable sort
De voir son petit-fils régner avant sa mort.

Bientôt un doux trépas vint terminer sa vie ;
Sa prudence avait fait, avant sa maladie,
Choix d'un duc, son neveu, premier prince de sang,
Qui devait gouverner l'État comme Régent,
Tant que son successeur, encor en très bas-âge,
Ne pourrait guider seul son auguste héritage.
Le Parlement, conforme à son royal vouloir,
De ce duc, sans retard, confirma le pouvoir.
Ce règne fut fécond en grands hommes de lettres,
Les arts eurent aussi les plus habiles maîtres ;
Fénélon, Bossuet, Fléchier et Massillon,
Par d'éloquents écrits, illustrèrent leur nom.
La parole française, agréable à l'oreille,
En se prêtant à l'art du célèbre Corneille,
S'acquit dans l'univers un mérite nouveau
Que Racine, Dancourt, Lafontaine et Boileau,
Par les charmants produits de leur savant génie,
Firent bientôt goûter à la noble Italie.
Deux esprits renommés : Descartes et Newton
Tentèrent d'expliquer l'univers jusqu'au fond ;
Mais les doctes calculs de leur tête profonde
Restent courts démontrant la machine du monde :
L'homme ne peut, malgré son esprit curieux,
Pénétrer les secrets que lui cachent les cieux !

Jusqu'ici, Philomène, une fausse doctrine
Rend occulte aux mortels la science divine ;
Nonobstant leurs travaux, les plus savants esprits
Laissèrent imparfaits leurs sublimes écrits.
Ce qui devrait sans cesse occuper leur génie
Ne leur semble important qu'à la fin de la vie !
Tant que l'homme vivra dans cette cécité,
Son savoir ne pourra joindre à la vérité.
La maison de Brunswick régnait en Angleterre,
Georges premier fit tôt à l'Espagne la guerre,
Le jour qu'Alberoni, s'égarant dans les airs,
Voulut rendre son roi maître de l'univers !
Walpole qu'irritait ce cardinal sans tête,
De Londres, contre lui, souleva la tempête ;
Philippe, sans retard, prévint cet ouragan,
Exilant de sa Cour ce ministre intrigant
Dont l'esprit exalté compromettait l'Espagne.
Le Grand Sultan venait d'assaillir l'Allemagne ;
Le Visir qui guidait ses escadrons nombreux
Semblait lui garantir le succès plus heureux ;
Déjà, sur plusieurs points, ses cohortes guerrières
Ayant sans coup férir entamé les frontières,
Lui faisaient espérer qu'en moins de quatre mois
Elles auraient soumis tous les pays hongrois ;

Quand des Autrichiens enflammant le courage,

Eugène de ces Turcs fit un affreux carnage,

Poursuivit leurs débris à Peterwaradin,

Puis fut les disperser plus loin de leur confin,

Et força de ce point la Porte de souscrire

Une paix à jamais honorable à l'empire.

Charles douze, en dépit du peuple suédois,

Faisait aussi la guerre au monarque danois ;

Malgré qu'il eût été dompté par la Russie,

Il conservait l'espoir, dans sa grande folie,

De se rendre du Nord l'unique souverain,

Mais le crime hâta sa malheureuse fin ;

Devant Fréderis-Hall, une main meurtrière

De ce roi belliqueux termina la carrière

Et sembla le punir de sa témérité !

Louis quinze était joint à sa majorité :

Ce jeune roi trouva la France sans richesse ;

Law l'avait tout-à-fait réduite à la détresse,

Les caisses de l'État restées sans argent

Pour fournir aux besoins de son Gouvernement,

Il dut charger d'impôts les peuples de la France.

Quoiqu'il fit aux combats admirer sa vaillance,

Il ne fut point sur mer heureux contre l'Anglais ;

Georges le contraignit à signer une paix

Lucrative à Windsor, dégradante à Versailles !
La perte des vaisseaux faite en plusieurs batailles
Jointe à d'autres revers, obligèrent Louis
A céder sans retour le fertile pays
Acquis par son aïeul aux besoins de la France !
Les Wys et les Torys, jaloux de sa puissance,
Voyaient avec dépit que Paris possédât,
Dans ce climat lointain, le vaste Canada.
Au sein de Westminster, la tourmentante envie
Avait les yeux fixés sur cette colonie
Et guettait le moment, favorable aux Anglais,
De pouvoir la ravir au monarque français.
De leur avidité les lords donnèrent preuve,
En voulant même, aussi, posséder Terre-Neuve.
Heureusement Fleury, ministre sage, adroit,
Qui veillait constamment au bonheur de son roi,
Avait dédommagé sa royale puissance
En faisant assurer la Lorraine à la France,
Qui devait, à la mort du vieux roi Polonais,
Rester, ainsi que Bar, au monarque français.
Ce docte cardinal, jusqu'à son plus grand âge,
De son profond savoir sut faire un noble usage ;
La pourpre n'avait pas pu le rendre orgueilleux.
Gênes, pour subjuguer les Corses belliqueux,

Avait eu, plusieurs fois, recours au roi de France.
Maillebois les soumit, malgré leur résistance.
Depuis, les habitants de ce fécond pays
Ayant courbé le front au pouvoir de Paris,
Lui fournissent des preux qu'au péril de leur vie
Savent, avec valeur, défendre la patrie.
Là, naquit le héros que protégeaient les cieux
Dont je vous apprendrai les exploits glorieux.
Charles Six n'était plus, son immense héritage,
A sa fille, Thérèse, échéant en partage,
Contre elle souleva plusieurs princes jaloux.
Parmi ces souverains, Frédéric, plus que tous,
Envieux d'agrandir la Prusse, sa patrie,
Fut envahir soudain la vaste Silésie.
Aidé du roi français, l'électeur bavarois,
Espérant de pouvoir la réduire aux abois,
Jaloux d'être empereur, se fit bientôt élire,
Mais ne vit pas un jour tranquille son empire.
A sortir de Munich, par Thérèse contraint,
Accablé de revers, mourut tôt de chagrin.
La Newa soutenait l'impératrice-reine
Et la guerre augmentait les dettes de la Seine.
Cependant, à Francfort, les électeurs unis,
Sans craindre de blesser le pouvoir de Paris,

Suivirent le prudent conseil de l'Angleterre
Et, pour finir enfin cette sanglante guerre,
D'une voix unanime ils nommèrent soudain
Pour auguste empereur le dernier duc Lorrain.
Contente de ce choix, la reine de Hongrie,
A Frédéric second céda la Silésie.
L'empereur, son époux, voulant qu'aux Pays-Bas
L'on mît de suite fin aux terribles combats,
Signa, presque aussitôt, la paix d'Aix-la-Chapelle.
En terminant ainsi cette grande querelle,
Les Cours n'étaient, pourtant, point d'accord tout-à-fait:
Celle de Pétersbourg, après Elisabeth,
Vit monter un moment Pierre Trois sur le trône.
Ce monarque voulait signaler sa couronne:
Changeant de politique envers l'Autrichien,
Pour devenir l'ami du pouvoir prussien.
Son projet alarma les grands de la Russie:
Catherine, sa femme et sa noire ennemie,
Intrigant à l'abri d'Orloff et Pontenkin,
Par d'horribles forfaits accéléra sa fin!
Malgré la part qu'elle eût à son cruel supplice,
Elle fut, à sa place, élue impératrice,
Régna même longtemps au gré de ses sujets
Et fit exécuter plusieurs nobles projets

Qu'avait imaginés l'esprit profond de Pierre,
Avant qu'un crime atroce abrégeât sa carrière.
Quoiqu'heureuse à sa cour, sans le moindre danger,
Elle eut la cruauté de faire poignarder
Un prince malheureux qui, dès son plus tendre âge,
Fut condamné passer ses jours dans l'esclavage.
Guidés par Galitzin, ses milliers de soldats
Livrèrent au Sultan plusieurs sanglants combats.
Couverte des lauriers de cette grande armée,
Elle ne fit la paix qu'en gardant la Crimée.
Cependant, son pouvoir fut assez généreux,
Secourut, maintes fois, des princes malheureux,
Fit, surtout, cultiver l'Ingrie encore en friche...
Joseph second était sur le trône d'Autriche,
Empereur sans orgueil, d'un excellent esprit,
Père de ses sujets, il fit tôt un édit
Qui rendait aux pays soumis à sa puissance
Plus qu'elle ne l'était grande la tolérance,
Et supprimait, surtout, plusieurs riches couvents
Dont l'inutilité faisait honte au bon sens.
D'autres nobles projets honorent son génie;
Si, loin de protéger la Prusse et la Russie,
Il avait secouru le peuple polonais,
L'Éternel eut béni ce bienfait à jamais.

Prenant aussi sa part de l'injuste partage

Que devait empêcher un souverain si sage,

Il ne lui prêta point son généreux appui.

Ce peuple valeureux servirait aujourd'hui

De rempart formidable au czar de la Russie.

L'absurde politique entrava son génie.

Pour agrandir un peu la prussienne cour,

L'on fortifia plus celle de Pétersbourg.

Les autres souverains, témoins du sacrifice,

Laissèrent lâchement consommer l'injustice

Et prendre à chacun d'eux la part de ces débris.

Leur silence, pourtant, ne resta pas sans prix,

Car, l'avide intérêt d'une action coupable

Sait, la bourse à la main, la rendre pardonnable.

Malgré tous ses bienfaits, ce partage odieux

Ternit à l'infini ce prince glorieux.

Son frère, Léopold, régnait en Etrurie,

Ce fameux grand duché, jardin de l'Italie,

Que posséda longtemps la maison Médicis,

Le vit tôt enrichir ce fertile pays.

Son esprit clairvoyant, par des moyens extrêmes,

Tâchait purifier l'air malsain des Marèmes.

Parcourant, tous les jours, ce duché merveilleux,

Il observait partout, d'un œil judicieux,

Ce qui pouvait du sol accroître la richesse ,
Et , pour l'améliorer , de suite sa sagesse
Faisait exécuter d'admirables travaux ,
Sans que son pouvoir fît augmenter les impôts.
Le seul amour du bien guidait sa politique ;
Cet auguste grand-duc , prince philantropique ,
Ne méditait jamais des utiles projets
Que pour rendre plus doux le sort de ses sujets.
Aussi , les bons Toscans le bénissaient sans cesse.
Pour ravaler l'orgueil altier de la noblesse ,
Il céda de l'Etat les richissimes biens ,
Aux pauvres laboureurs surchargés de liens.
Ces malheureux paysans , recouverts de guenilles ,
Devinrent bientôt chefs d'opulentes familles ,
Qu'en tous lieux aujourd'hui dans les Etats toscans,
Grâces à ses bienfaits , rivalisent les grands.
L'histoire lui conserve une gloire infinie.
J'aime habiter aussi la superbe Etrurie ,
Florence , Pescia , Montzumano , surtout ,
Où la riche Mathilde , au plein gré de son goût ,
M'a fait édifier un temple magnifique :
Au-dessus de l'autel , en belle mosaïque ,
Mon image , formant un précieux tableau ,
Du fameux Léonard célèbre le pinceau.

J'y suis de diamants richement décorée
Et des Étruriens constamment adorée;
Je ne puis oublier ce gracieux séjour,
Ses sages habitants ont aussi mon amour;
Je sens un doux plaisir à leur être propice,
Intercédant pour eux la divine justice,
Mon cœur se réjouit de voir le Rédempteur
Se plaire, à mon accent, d'accroître leur bonheur.
Ferdinand étant mort, l'héritier de son trône
Quitta Naples soudain pour prendre sa couronne;
Arrivant à Madrid, Charles Trois manqua pas,
Pour la prospérité de ses vastes États,
D'encourager partout, dans ses nombreux royaumes,
Les sciences, les arts et surtout les grands hommes.
Puisant dans son trésor, ce prince somptueux
Fit tôt édifier des ponts majestueux
Qui, jusqu'à l'infini, conservent sa mémoire:
Mais ce qui lui mérite une éternelle gloire,
C'est d'avoir délivré l'entière nation
Du terrible pouvoir de l'inquisition.
En mettant sous son frein ce tribunal sévère,
Il prévint les excès de sa noire colère.
Les Espagnols, depuis, n'ont plus à redouter
Les noirs inquisiteurs, ni leur fatal bûcher.

C'est lui, qu'expédiant sa flotte en Barbarie,
Voulait punir Alger de sa piraterie !
Il y fit tout exprès débarquer ses soldats,
Mais alors qu'O-Relly croyait vaincre aux combats
Et livrer à ses preux cette ville au pillage,
Cent mille bédouins, qu'envenimait la rage,
Descendirent des monts, se jetèrent sur eux,
Par leur nombre excessif furent victorieux;
Enhardis du succès, leur ardente poursuite
Couvrit les champs de morts des Espagnols en fuite !
O-Relly, ne pouvant à leur choc résister,
Pour sauver ses débris les fit tôt rembarquer ;
Sa fuite termina cette courte campagne
Sans avoir pu remplir les vœux du roi d'Espagne !
Les deux fameuses cours d'Autriche et de Bourbon
Qui disputèrent tant l'honneur de leur maison,
Venaient de mettre enfin un terme à leurs querelles;
Dorénavant la paix devait régner entre elles :
Les nœuds sacrés d'époux, que resserrait l'amour,
Unissaient désormais l'une avec l'autre cour !
Antoinette, à Paris, reine, belle, charmante,
Adorée au milieu d'une cour florissante,
Ne trouvait rien alors d'égal à son bonheur.
Son époux, Louis seize, affrontant de bon cœur

13

Les dangers du pouvoir dont l'histoire fourmille.
Gouvernait ses sujets en père de famille ;
Son esprit chaque jour méditait des bienfaits !
Quand les États-Unis, en guerre avec l'Anglais,
Qui voulait s'opposer à leur indépendance,
Firent solliciter l'appui du roi de France.
Frankelin, leur ministre, envoyé près de lui,
Obtint, presque aussitôt, son généreux appui.
De suite ses soldats, guidés par Lafayette,
Traversèrent les flots, bravèrent la tempête,
Furent à Mariland faire, plus d'une fois,
Redouter aux Anglais leurs valeureux exploits ;
De combats en combats maîtrisèrent la guerre,
Firent frémir alors les grands de l'Angleterre.
Londres se vit contraint de céder, à Paris ;
Au sein du Parlement, les Wys et les Torys,
Obligés de fléchir au vouloir de la France,
Jurèrent de venger cette odieuse offense !
Jaloux d'exécuter leur perfide dessein,
Sans le moindre retard ils y mirent la main.
Leurs âpres orateurs, du haut de la tribune,
Enflammaient toujours plus le fiel de la rancune ;
Au moyen de l'intrigue, ils surent, dès ce jour,
Susciter d'embarras à la française cour ;

Avant de commencer les coupables manœuvres

Qui devaient garantir le succès de leurs œuvres,

Ils connaissaient à fond l'énorme déficit,

Qui rendait le trésor de France sans crédit ;

Leur manège augmenta la pénurie extrême,

Où se trouvait l'état, surtout le roi lui-même,

Pour l'obliger ainsi d'accroître les impôts,

La crainte d'aggraver encore plus les maux,

Fit au Roi réunir les sages du royaume,

Sans le vouloir, du mal il augmenta la somme ;

Car, l'esprit infernal, ennemi de la paix,

Fait qu'ici-bas les gens ne s'entendent jamais !

Les grands qui composaient cette illustre assemblée,

Par leurs dissentiments l'eurent bientôt troublée.

Alors il convoqua les Etats-Généraux,

Osa même espérer de réparer les maux.

Mais, hélas ! les démons, sur les bords de la Seine,

Vomirent aussitôt le venin de la haine.

Des perfides agents se partant d'outre-mer,

Vinrent aussi s'unir aux monstres de l'enfer.

Leurs criminelles voix, parcourant les provinces,

Dénonçaient hautement les débauches des princes,

Le luxe du clergé, l'ambition des grands

Et le peuple opprimé sous le joug des tyrans.

Toutes ces vérités qu'altérait l'éloquence,
En promettant, surtout, qu'avec l'indépendance
La sage Liberté mettrait fin à ses maux
Et rendrait, désormais, les Français tous égaux ;
Un accent si flatteur électrisa les têtes.
Ne prévoyant, alors, les terribles tempêtes
Qu'ourdissait en secret l'affreux esprit du mal,
Les hommes, qu'animait un transport libéral,
Jaloux de concourir, en faveur de leurs frères,
Aux bienfaits qui devaient terminer leurs misères,
Ne balancèrent plus de signaler leurs vœux ;
Dès les premiers moments se crurent tous heureux,
Se livrèrent ensemble à la douce allégresse ;
Mais bientôt le démon, contraire à la sagesse,
Divisant les Français, fit, les uns, Jacobins,
Les autres, Montagnards et d'autres, Girondins.
Pour accroître encor plus la misère publique,
Il fit, dans tous les clubs, prôner la République.
Chacun de ces partis faisant valoir ses droits,
Prétendait, désormais, devoir dicter les lois.
Cette confusion et la voix de la presse
Qui grossissait les torts de l'ancienne noblesse,
Firent naître partout un tumulte effrayant
Que les agents du mal rendirent tôt sanglant.

L'on entendit, alors, les cris de la vengeance,
Sa terrible fureur épouvanta la France ;
Le sang, enfin, coula pour la première fois,
Sous les yeux de Louis, près du palais des rois.
A ce terrible aspect la Cour, mise aux alarmes,
Pour défendre ses jours dut recourir aux armes.
Effrayés du danger, les princes, lâchement,
Abandonnant Louis dans ce fatal moment,
Sans le moindre retard furent, loin de la France,
Soulever tous les rois contre l'indépendance.
Louis demeura seul, exposé, sans secours,
Aux fureurs des partis qui menaçaient ses jours ;
Faisant tout pour le mieux, il tâchait tenir tête
Aux moteurs exaltés de l'affreuse tempête.
Figurez-vous l'état de ce roi malheureux !
Voyant, à chaque instant, les partis furieux
Faire entendre les cris forcenés de la haine,
Menacer son palais, lui, ses enfants, la reine,
Qu'isolés, sans appui, redoutaient chaque jour
De se voir massacrer au milieu de leur cour !
Les manèges affreux des deux princes, ses frères,
De la France en désordre accroissant les misères,
On l'accusa bientôt, à la Convention,
De cet énorme crime envers la nation.

Un barbare décret, pour aggraver ses peines,
Au Temple, avec les siens, le fit charger de chaînes,
Et, pour mettre le comble à cet horrible excès,
Robespierre voulut qu'on lui fît son procès.
Des Conventionnels la voix diabolique
Proclama, dès ce jour, la France république.
Les clubs, que dirigeait un esprit infernal,
Hâtèrent tous, aussi, ce jugement fatal.
Telle était des partis l'ardente frénésie
Qui présageait partout les maux de la patrie.
Les nombreux députés de la Convention,
Partisans acharnés de l'insurrection,
Pour accroître encor plus l'affreuse effervescence,
Prononcèrent alors la barbare sentence
Qui, prenant pour appui les plus iniques lois,
Condamnaient à la mort le plus sage des rois !
Dès qu'on l'eut informé du décret exécrable
Qui livrait sa personne au trépas du coupable,
On lui permit d'aller, à ses derniers moments,
Voir encore une fois sa femme et ses enfants.
Comment vous peindre, hélas ! cette affligeante scène !
Les larmes de ses fils, de sa sœur, de la reine !
Qui, pressés dans ses bras, accablés de douleurs,
Pour la dernière fois l'inondaient de leurs pleurs !

Lui, le cœur déchiré de voir couler leurs larmes,
Les sachant exposés aux fureurs des alarmes
Qui menaçaient leurs jours, dans cet horrible lieu,
Sentait percer son cœur à ce dernier adieu.
Je puis que faiblement vous décrire, ma fille,
Ce que souffrit, alors, cette auguste famille,
Surtout lorsque Louis, arraché de ses bras,
S'éloignait, cette fois, pour aller au trépas.
La douleur déchirait le cœur de ce bon père,
Livrait au désespoir ses deux fils et leur mère,
Qui furent tous saisis d'un affreux tremblement
Au terrible rouler du carrosse effrayant.
Les sages citoyens de cette grande ville,
A ce lugubre bruit, tremblants dans leur asile,
Redoutaient, à genoux et les larmes aux yeux,
De voir sur eux tomber la vengeance des cieux.
Quand Louis arriva sur la fatale place,
Montant sur l'échafaud, devant la populace,
Son respectable aspect la frappa de terreur,
L'on craignit que sa voix apaisât sa fureur;
Mais les nombreux tambours, aux ordres de Santerre,
Firent un roulement qui, pire du tonnerre,
De ce martyr royal couvrit l'accent divin,
Et le bourreau hâta sa malheureuse fin!....

Alors, les passions partout se déchaînèrent,
Dans les départements les partis s'acharnèrent,
Bientôt tous les esprits furent volcanisés,
Se livrèrent de suite aux plus sanglants excès ;
Non contents d'assaillir le clergé, la noblesse,
Ils osèrent de même attaquer la sagesse,
Ne respectèrent pas les hommes vertueux,
Victimes, presque tous, de ce massacre affreux.
Marseille à s'enflammer ne fut pas la dernière,
Sur le Port, sur le Cours, même à la Canebière,
Se formaient, chaque jour, d'affreux attroupements
Que des cris furieux rendaient plus alarmants.
Je ne puis vous citer les nombreuses victimes
Qu'en ces jours de terreur firent périr les crimes ;
Les prêtres furent tous proscrits, persécutés,
Les temples assaillis, les autels renversés.
Pour rendre plus complet cet infernal ravage,
L'on vendit, aux Génois, jusques à mon image !
Mais, tandis que Marseille, en proie à la terreur,
Voyait les Jacobins assouvir leur fureur,
L'esprit du mal, pour plus ensanglanter la France,
Du parti royaliste enflammait la vengeance,
Et celui-ci, docile à la voix du démon,
Fut livrer aux Anglais l'arsenal de Toulon.

Unit à son venin le fiel de l'Angleterre,
Finit d'armer les rois, envenima la guerre,
Jaloux d'anéantir tous les autres partis,
Fut lui-même grossir les rangs des ennemis.
Le terrible courroux des ultra-royalistes
Égalait, en fureur, celui des terroristes ;
C'est eux qui, soulevant la Bretagne et l'Anjou,
Unirent ces chouans à tous ceux du Poitou.
Pour les électriser, ils mirent à leur tête
Larochejacquelin, l'intrépide Charrette
Qui, devenus les chefs de tous ces insurgés,
Espéraient d'obtenir un prompt et plein succès ;
Ils livrèrent, tous deux, la campagne et la ville
Aux terribles fureurs de la guerre civile,
Firent, pendant trois ans, de Niort à Morlaix,
Se massacrer entr'eux des milliers de Français.
Tandis que ces horreurs d'extrême barbarie
Faisaient couler à flots les pleurs de la patrie,
Des bords du Var au Rhin, les nombreux ennemis
Envahissaient la France et menaçaient Paris.
Pour accroître ces maux l'affreuse guillotine,
Se prêtant aux excès de la guerre intestine,
Dans toutes les cités répandait la terreur,
Des cruels jacobins secondait la fureur !

Le neuf de thermidor qui suspendit leur rage
Ne fit pas un instant cesser l'affreux carnage ;
Des barbares sabreurs, férocement armés ,
Vengèrent leurs parents par d'autres cruautés !
Marseille dans les pleurs, livrée à la souffrance,
Vit, dans le fort Saint-Jean, leur terrible vengeance
Massacrer aux cachots, d'accord avec Cadrois,
Les nombreux prisonniers sous l'égide des lois.
Ainsi, chaque parti qu'acharnait la colère,
De la France accroissait toujours plus la misère ;
Le fiel de la rancune, au lieu de se calmer,
Était au moindre choc prompt à se renflammer :
L'infernale discorde, encore plus qu'à Rome,
Avait d'un bout à l'autre envahi ce royaume ;
Irritant les partis, sa voix à chaque instant
Faisait dans tous les lieux verser des flots de sang !
Pour aggraver ces maux, la royale alliance
Menaçait de vouloir se partager la France ;
Jalouse d'accomplir ce criminel dessein,
Elle avait à ses preux fait traverser le Rhin.
Brunswick qui les guidait, maître de la frontière,
Se flattait de pouvoir dompter la France entière,
Quand les braves Français , attaquant ses guerriers ,
Lui reprirent d'un vol ses perfides lauriers,

Chassèrent devant eux les royales cohortes,
Prirent soudain d'assaut leurs places les plus fortes.
Dès qu'ils eurent soumis la Flandre et le Brabant,
Ils furent, vers l'Amstel, s'emparer d'Amsterdam ;
Cobourg, tel que Brunswick, contraint à la retraite,
Fut mis, près de Coblentz ; en déroute complète ;
Ses débris poursuivis, plus loin que Dusseldorf,
Furent tous dispersés sous les murs de Francfort.
De ces guerriers français l'intrépide vaillance
Non seulement des rois détruisit l'espérance
Qu'ils avaient, en partant, d'aller prendre Paris,
Mais les menaça tous d'envahir leur pays.
Telle fut de ces preux l'honorable campagne
Qui tint pendant longtemps sous le frein l'Allemagne.
Tandis, qu'aux bords du Rhin, ces valeureux guerriers
Couvraient, à chaque pas, la France de lauriers.
D'autres Français, au Var, maîtrisant la victoire,
De leur noble patrie éternisaient la gloire ;
Suivant dans les combats le héros de Toulon,
Ils prirent, à sa voix, tous les forts du Piémont,
Les riches bords du Pô, l'entière Lombardie,
Jusques au Rubicon la superbe Italie,
Fléchirent sous les lois de ce preux général.
Sa magnanimité leur rendit moins fatal

Le triomphe éclatant de sa vaillante armée ;
Aux champs, comme aux cités, sa haute renommée,
Qu'accroissaient les bienfaits qu'il faisait chaque jour,
Lui méritait de tous le plus sincère amour.
De ce noble vainqueur la profonde sagesse
Savait, même aux vaincus, épargner la détresse ;
Ce merveilleux pays, jusqu'aux États Romains,
Fut délivré par lui des fers ultramontains.
Les glorieux drapeaux, constatant sa victoire,
Envoyés en triomphe au lâche directoire,
Charmèrent aux cités l'amour national,
Firent chérir à tous ce vaillant général.
Le Directoire, étant sans argent, sans courage,
Ne guidait point l'État d'une manière sage ;
Ne pouvant s'affermir, à tous pas chancelant,
Il se tenait debout, flottant au gré du vent,
Et laissait les partis, même aux bords de la Seine,
Assouvir, sous ses yeux, leur implacable haine.
Sa lâche insouciance accroissait les malheurs,
Rendait encore plus acerbes les douleurs :
Tandis qu'aux bords du Nil le vainqueur d'Italie
Menaçait le sultan d'envahir la Syrie,
Lui, laissant les guerriers sans paie, à l'abandon,
Permettait que Mélas reprît tout le Piémont,

Vint, ainsi que les rois, attaquer les frontières.
Désertant les combats, des légions entières
Laissaient à découvert ce malheureux pays,
Les alliés pouvaient joindre jusqu'à Paris,
S'emparer triomphants de cette capitale
Et détruire à jamais la France libérale.
Telle était, dans ce temps, la situation
Où ce pouvoir avait réduit la nation ;
Après qu'il eût détruit l'incroyable richesse
Provenant du clergé, comme de la noblesse,
L'État était resté sans argent, sans appuis,
Les Français se trouvaient de misères réduits,
Bien pire qu'ils n'étaient avant l'indépendance !
Ce déplorable état où se trouvait la France,
Aux sages citoyens ne laissait plus l'espoir
Qu'elle se relevât sous un pareil pouvoir !
Presque à chaque moment de nouvelles alarmes
Obligeaient les partis à reprendre les armes ;
La fraternelle paix avait fui de ces lieux
Quand, touché de ces maux, le souverain des cieux
Fit soudain revenir, des bords d'Alexandrie,
Le glorieux héros dont l'éminent génie
Pouvait seul renverser le pouvoir de Paris,
Relever les autels, calmer tous les partis.

Demain vous apprendrez ses exploits mémorables,
Sa magnanimité, ses bienfaits admirables,
Tout ce que doit la France à ses soins généreux,
Les Français, sous ses lois, redevenir heureux !
Tant l'homme de savoir que guide la sagesse
Sait, malgré tous les maux de l'extrême détresse,
Réparer les malheurs, faire fleurir l'État,
Lui rendre la victoire et son ancien éclat !
Avec l'aide du ciel, le vainqueur d'Italie
S'acquit dans l'univers une gloire infinie.
Heureux ceux qu'ici-bas savent, ainsi que lui,
Avoir dans leurs besoins recours à cet appui !
Si prévoyant ses maux, l'homme devenu sage,
Faisait de son savoir un plus utile usage,
Pour bien guider ses pas, la loi de Jésus-Christ
Ne cesserait un jour d'éclairer son esprit,
Préserverait son cœur de la faiblesse humaine
Et surtout du poison infernal de la haine.
Par ce progrès du bien, l'affreux esprit du mal
Irait mordre ses fers dans l'abîme fatal !
Mais l'angelus du soir, ma fille, nous rappelle
Qu'il nous faut, au plus tôt, regagner ma chapelle,
Vous y pourrez tranquille, aux heures de repos,
Sur les maux des humains méditer à propos

HUITIÈME JOURNÉE.

Retour d'Egypte du général Bonaparte. Accueil qu'il reçoit des Français. Journée du 18 Brumaire. Installation du Consulat. Rétablissement de la religion catholique, etc. Evénements remarquables jusqu'à la chute de l'Empire. Rentrée des Bourbons en France, etc. Retour de Napoléon de l'île d'Elbe. Evénements jusqu'au renversement de l'Empire. Rétablissement de Louis XVIII. Guerre d'Espagne. Mort de Louis XVIII. Charles X lui succède, etc. Il envoie Bourmont conquérir l'Algérie. Alger soumis aux Français. Guerre des Arabes, etc. Charles X tente un coup d'Etat. Les Parisiens s'arment contre lui. Journées de 1830. Triomphe des Libéraux. Installation de Louis-Philippe I", etc. Progrès des arts, etc. Exhortation de la Vierge à Ste-Philomène, afin qu'elle prête impartialement son secours à tout le monde, etc., etc.

Finissa..., aujourd'hui, de vous narrer l'histoire

Qui des siècles passés conserve la mémoire,

Les lamentables faits que vous allez ouïr,

Ainsi que ceux d'hier vous feront attendrir,

Et vous déplorerez tout ce que l'inconstance

A fait souffrir de maux au Sauveur de la France.

Mais puisque, ce matin, l'astre brillant des cieux

Rend plus belles encor les côtes de ces lieux,

Avant de commencer ma leçon instructive,

Regardez un instant cette superbe rive,

Couverte jusqu'au loin de rapides bateaux

Que des pêcheurs adroits font voler sur les eaux.

Celui qu'on aperçoit ne point presser sa course
Et rester constamment vers la plage de l'Ourse,
Où, sondant à tout pas, l'ingénieur Toussaint
Mesure ainsi le fond, puis, le crayon en main,
Trace le plan du port que la France projette,
Faire ensuite, à grands frais, hors de la Joliette,
Cette étude profonde, à Paris, sûrement,
Ne peut manquer d'y faire admirer son talent,
Et ce port magnifique honorera la France
Autant que le fameux canal de la Durance
Qu'a savamment tracé la main de Montricher.
Consolat doit bientôt le faire commencer.
Chacun dit, en vantant ce canal admirable,
Qu'en France l'on n'a rien qui lui soit comparable.
Le plan majestueux du pont Roquefavour
A surpris, à Paris, les Chambres et la Cour.
Il sera réputé la dixième merveille ;
Les étrangers viendront en applaudir Marseille.
Puissent, ces grands travaux, sous peu s'exécuter !
L'on parle aussi, déjà, d'un beau chemin de fer
Qu'en passant sous la Nerthe on propose de faire,
Pour rendre cette ville encore plus prospère.
Les voyageurs, sur lui, pourront, dorénavant,
Rouler à peu de frais, voyager promptement ;

La population corsoise et provençale

Aller voir en un vol l'auguste capitale

Et retourner de même au gré de son plaisir.

Puissent ces beaux chemins aisés à parcourir,

Propager les vertus, rendre l'homme plus sage !

Les démons, à coup sûr, sauront en faire usage

Pour répandre leur fiel avec rapidité

Et corrompre encor plus la faible humanité.

Je vais vous achever de raconter, ma fille,

Les fatales erreurs de la grande famille :

Jamais depuis le jour que le faible Caïn

Rougit du sang d'Abel sa fratricide main,

L'affreux esprit du mal, organe des abîmes,

N'avait fait aux mortels commettre tant de crimes,

Pas même lorsque Rome en proie aux factions

Qui livraient son enceinte aux révolutions,

Et, l'une contre l'autre épuisant leur furie,

Répandaient à grands flots le sang de la patrie !

La haine insatiable envenimant les cœurs

Ne poussait point la rage à ces traits de fureurs,

D'aucune nation l'impartiale histoire,

Conservant des forfaits l'exécrable mémoire,

Ne rémémore pas des crimes aussi grands

Comme ceux qu'en Bretagne ont commis les méchants !

L'acharnement cruel de la guerre civile

Ensanglantait les champs de Niort à Granville,

La France ainsi réduite aux extrêmes abois,

Était prête à subir la vengeance des rois,

Quand le divin Sauveur, des bords d'Alexandrie,

Conduisit à Fréjus le vainqueur d'Italie.

A peine débarqué, la gloire de son nom,

Se répandant bientôt de canton en canton,

Fit tressaillir partout les Français d'allégresse.

Tous, généralement, comptant sur sa sagesse,

Conçurent dès ce jour le consolant espoir

De lui voir au plus tôt renverser le pouvoir :

Tous les partis en lui mirent leur confiance,

Des lieux plus éloignés, les sages de la France

Accoururent soudain se réunir à lui,

Pendant ce grand conflit lui servirent d'appui ;

Dès qu'il eut des partis apaisé la colère,

Au gré des bons Français, le jour dix-huit-brumaire,

Il parvint d'installer l'auguste consulat

Qui sauva la patrie et la remplit d'éclat.

Jamais pouvoir humain ne fut plus équitable :

Il rendit tout-à-coup la France formidable,

Mais le plus grand de tous ses actes solennels

Est celui d'avoir fait relever les autels !

Ce héros bienfaisant, aux vœux des catholiques,
Fit réparer partout les temples magnifiques
Qu'on avait dévastés du temps de la terreur ;
Il leur fit rendre à tous leur ancienne splendeur.
D'après ses sages lois une ample tolérance
Protège également tous les cultes en France !
Chacun, selon sa foi, peut, libre à son autel,
Rendre pieusement hommage à l'Éternel !
Lebrun, Cambacerès partagèrent son zèle.
Tandis qu'ils s'occupaient d'apaiser la querelle
Qui de Lille à Toulon alarmait les cités,
Des bords du Rhin au Var les rois coalisés
Se flattaient de venir envahir la frontière ;
Mais le vainqueur d'Arcole, illustrant sa carrière,
Sans leur donner le temps de traverser le Var,
Fit franchir aux Français le grand mont Saint-Bernard,
Puis, par le val d'Aoste, il fut prendre Stradelle
Et se rendit après vainqueur à Montebelle.
Mélas, qu'avait surpris cette rapidité,
N'ayant plus d'autre espoir qu'en son habileté,
Tâcha de ses soldats ranimer le courage,
Mais ne tenta qu'en vain se frayer un passage.
Le héros des Français, déjà maître du Pô,
Compléta sa déroute aux champs de Marengo.

Dès qu'il eut remporté cette auguste victoire,
Rentrant, tel que César, le front couvert de gloire,
Sur son char triomphant il reçut en vainqueur
Les fêtes qu'à Paris l'on fit en son honneur.
Tandis que l'on traitait la paix de Lunéville,
Désirant mettre fin à la guerre civile
Qui désolait encor la Bretagne et l'Anjou,
Il envoya soudain Bernadotte au Poitou.
Là, ce preux général, illustrant sa mémoire,
Désarma les chouans, pacifia la Loire.
La France libérale applaudit son succès,
Et bientôt elle vit ces nombreux insurgés
Dans les rangs de ses preux voler à sa défense,
Contre ses ennemis signaler leur vaillance,
Lui prouver qu'aux combats ils sauraient, désormais,
Se rendre toujours plus dignes du nom français !
Quoique l'on eut mis fin à cette affreuse guerre,
A laquelle peut-être avait part l'Angleterre,
Le pouvoir de Windsor, envieux de Paris,
Ne cessait d'irriter le fiel des ennemis.
Les perfides agents qu'entretenait sa haine
Répandaient leur venin même aux bords de la Seine.
Quand le premier Consul, pour prix de sa valeur,
Eut reçu des Français le titre d'Empereur,

Pour entraver ses pas l'anglaise jalousie

Fit armer contre lui l'Autriche et la Russie ;

Guidant leurs preux guerriers, ces deux grands potentats

Croyaient, jusqu'à Paris, maîtriser les combats ;

Lorsque Napoléon, bien plus qu'eux intrépide,

A la tête des siens, d'une course rapide,

Fut lui-même attaquer les Hongrois , les Strélitz,

Et les dispersa tous aux plaines d'Austerlitz.

La France, sans retard, célébra sa victoire,

D'un transport général solennisa sa gloire,

Et, pour rendre encor plus son triomphe éclatant,

Elle lui décerna l'auguste nom de Grand.

Les milords irrités que l'aigle impériale

Couronna de lauriers la France libérale,

Ne mirent plus de borne à leur noire rancœur !

Jaloux de détrôner ce nouvel empereur,

Ils ne craignirent plus d'épuiser leur richesse ;

Défenseurs acharnés de l'ancienne noblesse,

Pour soutenir ses droits leurs coupables agents

Contre la liberté soulevaient les tyrans.

Voilà comme en tous lieux de perfides manéges

Tendent à rétablir les anciens priviléges,

Aux plus puissantes Cours espérançaient les rois

De réduire, au plus tôt, les Français aux abois,

Qu'alors triompherait l'alliance royale.
Guillaume Frédéric, séduit par la cabale,
Manqua de succomber lorsque, armant ses soldats,
Il voulut de nouveau hasarder les combats.
Quoique des Russiens les colonnes nombreuses
Soutinssent aux assauts ses troupes valeureuses,
Napoléon le Grand, suivi de ses guerriers,
Jusqu'aux murs de Berlin se couvrit de lauriers,
Poursuivit ses débris, pour éternelle gloire,
Fut même à Friedland remporter la victoire,
Puis sur le Niémen, à l'honneur des Français,
En auguste vainqueur il lui dicta la paix.
Malgré tous les lauriers de l'aigle impériale,
Rendant à Frédéric sa couronne royale,
Il ne voulait, pour prix de ce trait généreux,
Que rendre, par la paix, les Français plus heureux.
Mais des milords altiers la haine insatiable
Nourrissait dans leur cœur la rancune implacable !
Pour troubler le repos du trône impérial,
Ils mirent contre lui le roi de Portugal,
Qui, sachant les Français aux bords de la Vistule,
Croyait hors de danger l'extrême péninsule ;
Mais Junot vint d'un vol la ranger sous ses lois.
Le pouvoir de Windsor attaqua les Danois

Sans déclaration préalable de guerre :
Il fit, à cet effet, partir de l'Angleterre
La flotte de Caelcheart, qu'avec extrême ardeur,
Bombarda Copenhague et , pour comble d'horreur ,
Par un trait inouï de barbare rapine
Enleva de ce port la royale marine,
Qui conduite à Portsmouth, aux ordres du régent,
Lui servit à bloquer les ports du continent.
Les plus grands souverains quoiqu'à leur préjudice ,
Souffrirent lâchement cette affreuse injustice.
Le pouvoir de Paris ne pouvant l'empêcher
Se promettait qu'un jour il pourrait la venger ;
Mais du destin fatal l'arrêt inexorable
A ce noble dessein n'étant pas favorable,
L'Europe n'a point vu punir cet attentat.
Charles quatre, à Madrid, père d'un fils ingrat
Qui voulait l'obliger à descendre du trône,
Résolut de priver ce fils de la couronne.
Croyant rendre l'Espagne heureuse désormais,
Il abdiqua son trône à l'empereur français
Qui, le cédant de suite au roi Joseph, son frère,
Ne prévoyait alors la lutte sanguinaire
Que le fiel des torys allait lui susciter.
L'implacable venin de ces grands d'outre-mer

N'a pas cessé depuis de tourmenter l'Espagne.

Wellington, soulevant la ville et la campagne,

Contre Napoléon armait tout ce pays;

Ce fameux général, élève des torys,

Guidant les insurgés, œuvre de sa cabale,

Faisait aux preux français une guerre infernale.

Moncey, Soult et Suchet, malgré leurs preux exploits,

Ne tentèrent qu'en vain les ranger sous leurs lois.

Au sortir des combats la barbare vengeance

Égorgeait en tous lieux les braves de la France,

L'Autriche crut devoir profiter du moment

Pour venger d'Austerlitz l'échec humiliant ;

Dès qu'elle eût machiné sa noire perfidie,

Sur les deux bords de l'Inn et dans la Carinthie

Elle fit réunir ses valeureux soldats

Que deux preux archidues conduisaient aux combats.

Leur ardeur lui semblait garantir la victoire ;

Charles, qu'électrisait cet espoir illusoire,

Loin de blâmer la Cour de ce lâche dessein,

Promettait à son frère un triomphe certain :

Déjà des légions franchissant la frontière

Avaient, presque aussitôt, envahi la Bavière,

Lorsque, accourant venger le prince de Munich,

Napoléon le Grand apprit à Metternich

Que la France, malgré la guerre de l'Espagne,
Dompterait de nouveau l'empereur d'Allemagne.
Dès le premier combat, les Français, à sa voix,
Firent fuir devant eux les escadrons hongrois ;
Les forts d'Ecmül, d'Essling, vomissant les mitrailles,
Virent, en un clin-d'œil, renverser leurs murailles !
Le vainqueur d'Austerlitz, sur son char triomphant,
Se rendit encor plus glorieux à Wagram !
Vaincue en tous les lieux, la Cour autrichienne
Honteuse, à ses genoux, signa la paix de Vienne
Et reconnut enfin que ce puissant vainqueur
Avait, sans contredit, le ciel pour protecteur.
Mais, dans son cabinet, une haine implacable,
Espérant, pour lui nuire, un temps plus favorable,
Nourrissait sourdement son animosité.
Napoléon n'avait point de postérité,
A lui donner un fils, son épouse inhabile,
Laissait sur l'avenir la France peu tranquille.
Les nombreux libéraux, objets de son amour,
Des princes émigrés redoutant le retour,
Sur l'avis du Sénat, pour apaiser leur crainte,
Suivant l'exemple exact de l'Écriture sainte,
Tel qu'Abraham, avait, laissant Sara sans fiel,
Rendu féconde Agar, et d'elle eut Ismaël !

Il quitta sans aigreur sa tendre Joséphine,
Pénétré de l'espoir que la bonté divine
Lui donnerait bientôt l'héritier vertueux
Qui devait conserver son trône glorieux.
L'autrichienne alors conçut, de ce grand homme,
Cet adorable fils, auguste roi de Rome
Qui, pétri de vertus, devait, par ses bienfaits,
Jusques à l'infini rendre heureux les Français !
Jamais, d'aucun dauphin célébrant la naissance,
La France n'avait fait tant de réjouissance ;
Dès que pour l'annoncer le canon eut tiré,
Paris solennisant ce prince nouveau-né,
En foule, au Carrousel, pendant trois jours, sans cesse,
Par d'applaudissements et des cris d'allégresse,
Apprit à tous les rois, d'Angleterre à Laos,
Que la France fêtait le fils de son héros !
Mais l'esprit infernal, instigateur des crimes,
Pour les rendre au plus tôt tous les deux ses victimes,
Aux bords de la Tamise, irritant les Anglais,
Leur rendait odieux le héros des Français.
Sa langue venimeuse, attisant la discorde,
A l'aide des pervers détruisit la concorde ;
Ceux-ci, qui ne cessaient de blâmer l'empereur,
L'accusèrent alors d'être un usurpateur !

Répandant en tous lieux cet exécrable dire,
Jaloux de renverser le trône de l'empire,
Pour aigrir contre lui l'entière nation,
Ils noircissaient la loi de la conscription !
Tels étaient des pervers les coupables langages.
Le défaut des Français est d'être trop volages ;
Dans ce puissant pays cette instabilité
Fut de tout temps contraire à sa prospérité !
L'esprit du mal, de l'une à l'autre turpitude,
Poussa les intrigants jusqu'à l'ingratitude,
Et quand la Bérésine eut causé les revers
Qui livrèrent l'empire aux crimes des pervers,
Malgré l'ardeur des preux la nation volage,
Au lieu de seconder leur martial courage,
Favorisa l'effort des nombreux ennemis
Et leur permit d'entrer triomphants dans Paris.
Hélas ! même Marmont, chose presque incroyable,
Suivit des intrigants l'exemple abominable !
La France, qu'à ses pieds voyait trembler les rois,
A sa honte fléchit sous le joug de leurs lois,
Et les torys, rendant leur victoire complète,
Joignirent à Calais, un Bourbon à leur tête.
La Seine vit alors, en frémissant d'horreur,
La Tamise exiler son auguste empereur !

Voilà comment finit la longue tragédie
Qui mit sous l'ancien joug la France et l'Italie !
L'héritier des Bourbons, prince impotent et vieux,
Secondant les desseins des milords orgueilleux,
Avec le seul appui des troupes étrangères
Vint monter, chancelant, au trône de ses pères,
Sans point s'inquiéter qu'en rentrant à Paris
Sa présence ferait alarmer les partis ;
Tant l'exécrable orgueil, qui séduit la jeunesse,
A l'âge décrépit tente encor la vieillesse.
La vengeance accueillit la légitimité ;
Sûre, dès ce moment, de son impunité,
Elle attaqua tous ceux, qu'étrangers aux querelles,
Au sauveur de la France étaient restés fidèles.
Sa terrible fureur n'épargna même pas
Les valeureux guerriers qu'au retour des combats
Rentraient le corps couvert d'honorables blessures !
Elle osa dans leur sang tremper ses mains impures !
Toutes ces cruautés qu'applaudissait l'orgueil,
Mirent presque partout la nation en deuil.
Alors les citoyens, qu'avec trop de faiblesse,
S'étaient laissés séduire à l'ancienne noblesse,
Par ces crimes affreux connurent leur erreur,
Regrettèrent le temps de l'auguste empereur.

Instruit de ces forfaits, qu'abhorrait sa clémence,
Il revint de son île au secours de la France ;
Malgré que les Anglais lui barrassent les flots,
Avec l'aide du ciel, ce glorieux héros
Joignit, le jour suivant, la côte provençale,
Fit débarquer soudain sa troupe impériale
Qui, bien qu'en petit nombre, avait fait le serment
De vaincre les Bourbons au prix de tout son sang.
Cannes, cet heureux jour, eut le noble avantage
De le voir aborder vers son prochain rivage.
Comme à Fréjus sa gloire, au bruit de son retour,
Attira près de lui les peuples d'alentour,
Surtout les défenseurs de la France nouvelle
Vinrent, au même instant, le rejoindre avec zèle.
Tous ces braves, la joie empreinte sur leur front,
Firent retentir l'air de son auguste nom !
Et jurèrent d'aller, unis à sa colonne,
Le remettre, à Paris, sur son glorieux trône.
Des habitants du Var tel fut l'accueil flatteur.
Jusqu'à la capitale une semblable ardeur
Fit partout, sur ses pas, presser la foule immense,
Accourant célébrer l'Auguste de la France.
Grenoble l'accueillit d'un transport général,
Applaudit vivement son retour triomphal.

Mais, des brillants accueils qu'il reçut sur sa route,
Celui des Lyonnais fut le plus beau , sans doute;
Leurs vivats inouïs , depuis les bords des quais,
Exaltèrent son nom jusques à son palais.
Lyon, pendant trois jours , avec magnificence,
Ne cessa de fêter le héros de la France.
César , rentrant dans Rome en grand triomphateur,
Ne reçut des Romains un accueil si flatteur.
En vain Louis dix-huit et sa cour alarmée
Voulurent, au grand homme, opposer leur armée.
Monsieur eut la douleur de voir ses preux soldats,
Contre Napoléon refuser les combats ,
Passer sous les drapeaux de l'aigle impériale
Et suivre l'Empereur jusqu'à la capitale.
Louis contraint d'aller , en monarque impuissant,
Attendre son destin dans les remparts de Gand ,
Vit , sortant de Paris , l'entière populace ,
Témoin de son départ , respecter sa disgrâce.
Mais à peine l'on eut, sur le déclin du jour,
De l'auguste empereur annoncé le retour,
Tout Paris se livrant à la réjouissance
Accourut célébrer le sauveur de la France,
Qui fut ému de voir l'élite des Français
Le porter en triomphe au sein de son palais !

Ce cordial accueil que lui faisait la Seine,
Semblait lui présager une gloire certaine,
Mais clandestinement les fauteurs des vieux rois,
S'opposèrent de suite aux bienfaits de ses lois !
Pour mieux favoriser la royale alliance
Des sages libéraux il flattait l'espérance.
Voilà comment le fiel de ces hommes pervers
De l'empereur français machinait les revers :
Au fameux Champ de Mai leur perfide cabale
Parvint à diviser la France libérale ;
Beaucoup de magistrats, manquant à leur devoir,
Éludaient d'obéir l'impérial pouvoir,
De ces vieux ci-devants l'ignoble antipathie
Ne craignait point flétrir l'honneur de la patrie !
C'est eux, qu'en trahissant ainsi Napoléon,
Assurèrent la gloire au fameux Wellington.
Qui peut des Quatre-Bras retracer le carnage ?
Des valeureux Français l'intrépide courage
A ce sanglant combat devint insuffisant,
Quand Bourmont eut rendu Wellington plus puissant !
Jusqu'à ce point fatal, les légions françaises
Domptaient, à chaque pas, les colones anglaises.
Si Grouchy fut venu rejoindre l'empereur,
Malgré la trahison ce glorieux vainqueur

Aurait, à Waterloo, par son génie immense,
Assuré la victoire aux braves de la France !
Mais l'adjudant, porteur de son ordre divin,
Par un traître égaré, fit un double chemin ;
Ce malheureux retard fut la cause, sans doute,
Qui causa des Français la fatale déroute.
Wellington et Blücher, profitant de l'erreur,
Triomphèrent alors de l'auguste empereur !
A ce dernier combat qui renversa l'empire,
La valeur des Français ne saurait se décrire.
La garde impériale, à ce désastre, hélas !
Mourut au champ d'honneur et ne se rendit pas !
Mille traits inouïs d'indicible courage
Signalèrent les preux à cet affreux carnage ;
Jusqu'au dernier moment, tous, d'un commun accord,
A se rendre aux Anglais préférèrent la mort.
Le roi Bourbon, témoin de l'horrible défaite,
A la voix des Anglais sortit de sa retraite....
Seulement escorté des soldats ennemis,
Il rentra, souriant, dans les murs de Paris
Avec le fol espoir d'y pouvoir à son aise
Détruire tout-à-fait la liberté française !
Malgré ses grands revers, ce monarque perclus
Était resté fidèle aux pouvoirs absolus ;

Pleinement assuré, par son expérience,

Que le mal des Français fût toujours l'inconstance,

Profitant à propos de leur légèreté,

Il croyait de pouvoir, avec sa royauté,

Rétablir les abus de l'ancienne noblesse !

Les temps étaient changés.... et la voix de la presse

Dénonçant hautement ce que faisait sa Cour,

Tenait tous les Français au courant, chaque jour,

Des projets clandestins qu'un malin artifice

Machinait sourdement, à leur grand préjudice,

Pour détruire à jamais l'espoir des libéraux

Et seulement sur eux faire peser les maux.

La puissante Tamise, assouvissant sa haine,

Proscrivit l'empereur à l'Ile Sainte-Hélène.

La France, sous le joug de son vieux roi Bourbon,

Fut contrainte à souffrir cet odieux affront,

Et permit que ce roi, servile à l'Angleterre,

L'obligeât de payer tous les frais de la guerre !

Hardis de leurs succès, les ultras rancuneux

Contre les libéraux devinrent furieux.

Plusieurs grandes cités, témoins de leur vengeance,

Leur virent massacrer les braves de la France !

Pour ces scènes d'horreurs, Nîmes eut Trestaillon ;

Encor plus inhumains, les ultras d'Avignon,

15

Livrés à la fureur de leur noire rancune,
Osèrent massacrer le preux maréchal Brune.
La légitimité, de son trône onéreux,
Voyait paisiblement ces massacres affreux ;
Son gouvernement, loin de venger les victimes,
Laissait impunément commettre tous ces crimes,
Qu'ensanglantant la terre offensait l'Éternel ;
Les nombreux libéraux, dans ce moment cruel,
Connurent, quoique tard, par ces ignominies,
Ce que pouvait le fiel des vieilles dynasties ;
L'amour de la patrie électrisant leur cœur.
Pour prévenir les maux de la noire rancœur,
Ils furent, tous unis, défendre avec constance
Au sein du Parlement la noble indépendance,
Et de la liberté soutenir tous les droits.
Louis contraint, par eux, à respecter les lois,
Malgré les fiers ultras, entendait à toute heure
L'éloquent Chauvelin, l'ardent Dupont, de l'Eure,
Dénoncer les abus de son pouvoir royal !
Leurs sublimes discours faisaient pâlir le mal.
Depuis ce jour heureux, la France libérale
Combat avec succès la faction royale,
Et sait faire applaudir son énergique voix,
Surtout en défendant les libérales lois.

Mais, tandis que Louis affligeait sa patrie,
Un autre roi bourbon désolait l'Ibérie,
Lui voulait, à tout prix, ravir sa liberté.
Ce peuple à qui ce roi devait sa royauté,
Qui pour la soutenir prit en masse les armes,
Contre ce souverain s'était mis en alarmes
Et voulait conserver, malgré ce Ferdinand,
La constitution jurée en combattant
Lorsqu'à Napoléon, opposant résistance,
Il défendit l'Espagne et son indépendance.
Louis dix-huit, à qui ce despote eut recours,
Ne lui refusa pas son important secours ;
Fit mettre sans retard ses soldats en campagne.
Dès qu'ils eurent soumis les libéraux d'Espagne,
La France vit rentrer ces valeureux guerriers,
Portant à leurs schakos les soi-disant lauriers
Acquis au grand combat du fameux Trocadère !
La restauration n'était qu'une chimère ;
Œuvre de Talleyrand, ce turbulent esprit
Qui, sous tous les pouvoirs, conservait son crédit,
Ancien prélat d'Autun, grand ourdisseur de trame ;
Qui pour grossir son or aurait vendu son âme,
Avait pourtant, à Vienne, en guidant ce congrès,
Prévenu la rancœur des anciens émigrés,

Surtout le fiel amer de la haute noblesse !
Milord Castelreaghe avait la même adresse,
Marchant tous deux d'accord, en fourbes effrontés,
Surent tirer parti des légitimités ;
Trafiquant les États comme la marchandise,
Du rang des nations, Lucques, Gênes, Venise,
Se trouvèrent, par eux, proscrites à jamais.
La Flandre et le Brabant, tels que les Hollandais,
Par l'injuste vouloir de ce congrès étrange,
Passèrent sous le joug de la maison d'Orange.
Philomène, ici-bas, tel fut de tous les temps
Le tripotage affreux des hommes intrigants !
Malgré qu'on eût voulu, surtout en Italie,
Prévenir le courroux de l'aristocratie,
A Naples, à Modène, en Toscane, en Piémont,
Sans point exagérer, la persécution
Contre les libéraux fut atroce, inhumaine !
Même du Vatican la puissance romaine
Vit paisiblement ceux, qu'au lieu de pardonner,
Éludant l'évangile, aimaient mieux se venger.
Tant le démon du mal, qui rend inhumain l'homme,
Sait endurcir aussi le cœur d'un pape, à Rome !
Les pays allemands, quoiqu'avec moins d'aigreurs,
Manquèrent pas non plus de vils persécuteurs ;

Mais des noirs partisans de la royale cause,
Le plus barbare fut l'exécrable Canose,
Naples frémit encor de ses atrocités !
Cet homme rancuneux, monstre de cruautés,
Fit fusiller Murat, monarque qui, sans cesse,
Par d'augustes bienfaits signalait sa sagesse !
Né proche de Cahors, ce français valeureux
Sut rendre cher à tous son règne glorieux.
Naples ne cessera d'honorer sa mémoire.
Louis ayant quitté ce monde transitoire,
Son frère, Charles dix, bien aise de régner,
Aux vœux de tous ses grands fut se faire sacrer.
Tel que son bisaïeul, sa majesté royale
Conduite jusqu'à Rheims en pompe triomphale,
Voulut rendre à jamais mémorable ce jour....
Prévoyant que le ciel rendrait son règne court,
Jaloux d'éterniser sa haute dynastie,
Il envoya Bourmont conquérir l'Algérie,
Malgré qu'il se vantât de conserver la paix.
Son général, guidant plusieurs mille français,
Fut, traversant les flots, sans redouter l'orage,
Porter aux murs d'Alger l'effroyable carnage.
En vain ce fameux dey tenta de résister ;
Malgré ses grands efforts il fallut succomber.

La ville, la Casoube et son trésor immense,
Restèrent, à jamais, au pouvoir de la France.
Hélas! depuis ce temps, Arabes et Français
Se massacrent entr'eux! loin de faire la paix
Jurent d'éterniser leur implacable haine,
Leur sang continûment ruisselle dans la plaine,
Des tribus, chaque jour, le déplorable sort
Les contraint à donner ou recevoir la mort,
Dieu veuille mettre un terme à cette affreuse guerre!
Charles dix que guidaient les torys d'Angleterre,
Après avoir soumis Alger avec éclat,
Crut pouvoir désormais tenter un coup d'état!
Pour mettre, dès ce jour, fin au libéralisme,
Et rétablir le joug de l'ancien despotisme.
Quoiqu'il eût machiné sa cabale en secret,
L'on prévit assez tôt son criminel projet;
Paris, au même instant, se mettant en alarmes,
Contre ce souverain prit en masse les armes,
Tous ces preux citoyens, sans le moindre sursoir,
Furent au Carousel attaquer son pouvoir;
Jaloux de préserver la France libérale,
Des fers que lui forgeait la faction royale,
Ils surent tous braver également la mort,
L'Éternel, secondant leur martial transport.

Plus le canon du roi vomissait la mitraille,
Plus leur noble valeur soutenait la bataille,
Marmont touché de voir qu'à ces sanglants combats
Français contre Français se livraient au trépas,
Que loin de reculer, cette masse indomptable
Se rendait, chaque instant, encor plus formidable,
Voyant que les soldats de Charles, désormais,
Ne pouvaient résister aux libéraux français,
Leur fit évacuer la demeure royale,
Et conduisit le roi loin de la capitale!
Le peuple ayant ainsi vaincu ses oppresseurs,
Fit aussitôt flotter le drapeau trois couleurs,
Sa générosité méprisa la vengeance,
Malgré qu'il eût, ce jour, sauvé l'indépendance,
Des différents partis la fermentation
Jetait les députés dans la confusion,
Et présageait les maux d'une horrible tempête;
Pour tôt la prévenir, Lafitte et Lafayette
S'unissant, tous les deux, au fameux Talleyrand,
Calmèrent les esprits et, provisoirement,
Jaloux de conserver le libéral principe,
Confièrent la France au roi Louis-Philippe
Qu'élevé, dès ce jour, sur le trône français,
Ami des autres rois, sait conserver la paix!

Ses ministres surtout pour éviter la guerre,
N'observent qu'à demi les torts de l'Angleterre,
Qu'orgueilleuse d'avoir plus de mille vaisseaux,
Prétend non seulement de commander aux flots,
Mais voudrait à ses lois soumettre les deux mondes,
Et devenir ainsi souveraine des ondes !
Le pouvoir de Paris ne permettra jamais
Qu'entièrement la mer soit soumise aux Anglais !
Ni qu'en bravant les flots, ses bâtiments de guerre
Aillent dicter des lois aux peuples de la terre.
Le roi Louis-Philippe, en ce cas prudemment,
Saurait faire, à l'honneur de son gouvernement,
Sur terre et sur les flots respecter sa puissance,
Et les peuples amis de la nouvelle France ;
Tant que l'esprit du mal viendra pas d'outre-flots
Soulever les partis pour troubler le repos,
La France libérale, active, industrieuse,
Par sa position centrale, avantageuse,
Ayant ses ports placés aux rives des deux mers,
Sera, pour le commerce, utile à l'univers ;
Les peuples de l'Asie et ceux de l'Amérique,
Même les plus lointains de la mer Pacifique,
Y viendront se pourvoir des objets merveilleux
Que fabrique, avec goût, son peuple industrieux !

Quoiqu'à Londres les arts joignent à l'excellence,
Les Français, par le goût, gagnent la préférence.
Mais je vous le redis, leur instabilité,
Entièrement contraire à leur prospérité,
Me fait craindre qu'un jour une nouvelle crise,
A laquelle, sans doute, aurait part la Tamise,
Vienne encor traverser cet état florissant ;
Suscitant de nouveau quelque débat sanglant,
Et qu'entravant ainsi l'activité française,
Pendant ce grand conflit favorise l'anglaise !
Telle en quatre-vingt neuf la révolution
Fit longtemps prospérer l'anglaise nation,
Qui, maîtresse des mers de l'Irlande à la Perse,
Seule, sans concurrents, faisait tout le commerce.
Mais quand la paix permit que les nombreux guerriers
Vinssent faire fleurir les arts et les métiers,
Paris, Lyon, Rouen et plusieurs autres villes,
Virent bientôt ces preux rendre leurs mains habiles,
L'or prend par leur savoir des traits si gracieux,
Qui rendent ce métal cent fois plus précieux !
La soie et le coton que tisse leur génie,
Surpassent en beautés les étoffes d'Asie ;
L'argent, l'acier, le fer, tous les plus durs métaux,
Deviennent merveilleux sous leurs savants marteaux.

Tyr n'a jamais produit de chefs-d'œuvre semblables !
Les bijoux de Paris sont surtout admirables,
L'on voit à tout moment les grands de Westminster
Leur bourse pleine d'or venir s'en procurer,
Afin que leur Lady, si richement parée,
Au palais de Windsor soit de tous admirée ;
Ces milords somptueux achètent à Paris,
Les bijoux plus brillants et quel qu'en soit le prix ;
Ils ne retournent point sans faire leur emplette,
La France libérale a victoire complète.
Son peuple doux, affable, ardent et valeureux,
Au retour des combats, adroit, laborieux,
Prouve à ces ennemis, par ce beau privilége,
Que dans tout et partout l'Éternel le protége.
Cette protection et son activité
Sont les garants certains de sa prospérité.
Sur ce pays fécond sans cesse le Ciel veille,
Pour grossir son trésor le peuple de Marseille
Ne cesse d'attirer, dans son port merveilleux,
Des nombreux bâtiments venant de tous les lieux,
Y porter les produits plus riches de la terre,
Même l'étain fameux qu'exploite l'Angleterre,
Depuis que l'Algérie est soumise aux Français,
A toute heure du jour l'on y voit sur les quais

Embarquer, à foison, les objets que la France,
Aux villes de l'Afrique, envoie en abondance ,
Marseille qu'enrichit ce trafic lucratif,
Espérant de le rendre encore plus actif,
Voudrait qu'Abd-el-Kader, marabout infidèle,
Au pouvoir de Paris cessa d'être rebelle ;
Mais le cœur inhumain de ce mahométan
Préfère, mille fois, mourir en combattant;
De ce terrible chef le venin implacable
Soulève ce pays, le rend plus misérable,
Expose les tribus au déplorable sort
De perdre leurs troupeaux en recevant la mort!
Telle est depuis six ans la terreur inouïe
Que répand, dans ces lieux, la guerre d'Algérie,
Sans espérer que tôt la valeur des Français
Contraigne ces tribus à respecter la paix ;
Pourtant, dans ce pays, les trésors de la France
Embellissent Alger avec magnificence,
Le pouvoir des Français, à l'instar des Romains,
Y fait, à ses dépens, ouvrir de beaux chemins,
Qui rendent, aux tribus, désormais plus facile
Le transport des produits de l'une à l'autre ville;
Puissent ces beaux travaux leur rendre, avec le temps,
Moins odieux le nom de leur preux conquérant,

Détruire dans leur cœur le venin de la haine !
Sans point exagérer, je vous ai, Philomène,
Narré, jusqu'à ce jour, l'histoire des mortels,
Combien l'esprit du mal les a rendus cruels !
C'est lui qui chaque pas faisant choir leur faiblesse,
Augmente leurs défauts, les prive de sagesse,
Les conduisant ainsi de l'une à l'autre erreur,
Pervertit leur esprit, contamine leur cœur,
Les pousse pas à pas vers l'infernal abîme
Et les fait, presque tous, habituer au crime !
Opposez-vous, ma fille, à cet esprit malin,
En leur prêtant à tous votre secours divin !
Qu'à l'avenir les gens que ce démon obsède
Invoquant votre appui soient sauvés par votre aide,
Préservez-les ainsi des tourments éternels !
Méfiez-vous pourtant de ceux qu'à vos autels
Viendront vous accabler de leurs longues prières,
Ennuyeuses toujours et souvent peu sincères !
Mais rendez-vous propice à ceux qu'en peu de mots,
Expriment leurs besoins mieux que tous ces bigots,
Qui sans cesse mouvant leurs lèvres hypocrites,
Murmurent à genoux d'oraisons sans mérites
Et tandis que leur bouche intercède un grand saint,
Ils pensent au moyen de tromper leur prochain !

Hélas ! malgré leurs torts, rappelez-vous, ma fille,
Que les mortels sont tous d'une même famille ;
Plus l'esprit infernal, ennemi du Sauveur,
Cherche d'insinuer son poison dans leur cœur,
Pour les rendre à jamais aux yeux de Dieu coupables,
Plus nous devons à tous leur être favorables !
Opposez-vous, ma fille, à ce maudit esprit
Qui veut détruire à fond la loi de Jésus-Christ,
Ce démon redoutant que sa sainte maxime
Préserve les mortels de l'infernal abîme,
Raffine, en répandant les vices des enfers,
L'exécrable moyen de les rendre pervers ;
Surtout par le poison de la concupiscence
Qui ruine les humains dès leur plus tendre enfance.
En faisant dans leur cœur prospérer les vertus,
Nous rendrons les efforts du démon superflus.
Assez l'esprit du mal qui fomente la guerre,
Depuis le premier homme a désolé la terre,
Il est temps que le monde, instruit par ses malheurs,
Cesse de succomber aux fatales erreurs,
Qu'enfin, bien pénétré de sa grande faiblesse,
Il implore à tous pas l'appui de la sagesse,
L'homme une fois certain, qu'ici dans ces bas lieux,
L'on ne fait rien de bien sans le secours des Cieux,

Ne s'écartera plus de leur sage doctrine

Et prendra pour flambeau la lumière divine,

Tous ceux qu'en leurs besoins ont au Sauveur recours

Sont à toute heure sûrs d'obtenir son secours ;

Sur cette vérité nous devons les convaincre,

L'esprit du mal alors sera facile à vaincre,

Les hommes rendus forts par le secours des Cieux,

Seront de ce démon bientôt victorieux ;

Puisse ce grand progrès de la nature humaine

Au gré de mon amour se partir de la Seine,

Voler de lieux en lieux, éclairer l'univers

Et détruire à jamais le poison des enfers.

Vous voilà mise au fait des choses de ce monde,

Hâtez-vous, maintenant, sur la terre et sur l'onde

Sans partialité, d'accorder aux humains,

Le secours que le Ciel daigne mettre en vos mains !

En vous rendant sans cesse à tout le monde utile,

Surtout aux habitants de cette belle ville,

Faites que, par vos soins, s'enflamme dans leur cœur,

Le doux amour du bien, source de tout bonheur !

Prévenant les dangers de l'humaine faiblesse,

Vous devez rendre à tous horrible la paresse,

C'est elle qui produit les plus hideux défauts,

Affaiblit les vertus et pour comble de maux,

Quel que soit le pays, la classe paresseuse

Est docile à la voix de la discorde affreuse,

Désole les cités, respecte peu les lois,

Quand l'avide intérêt dirige ses exploits,

L'ardente soif de l'or augmente son ravage,

Et par d'excès cruels met le comble à sa rage !

Philomène, sachez que le désœuvrement

Est chez les peuples, tous, le défaut le plus grand.

Vous n'aurez point ici sujet de le combattre,

Marseille fut toujours du travail idolâtre,

Son peuple, quand l'hiver le jour trop vite fuit,

Travaille, même alors, bien avant dans la nuit,

Et cette activité, qui rend ce port prospère,

Du toit des Marseillais éloigne la misère,

Protégeons toutes deux cette grande cité,

Que son port merveilleux, en tous lieux si vanté,

Des bords de la Suède aux côtes de la Perse,

Puisse, avec notre appui, redoubler son commerce.

Maintenant, vous pouvez, par le chemin plus bref,

Aller vous établir au temple Saint-Joseph;

Abbat, recteur zélé de cette basilique,

Y fera vénérer votre auguste relique

Et dimanche prochain, ne le pouvant plus tôt,

A cinq heures du soir, monseigneur Mazenod,

Pontificalement, devant votre statue,
Vous accompagnera promener dans la rue
Par le cours Bonaparte, au coin de l'Arsenal,
Les prêtres réunis en convoi triomphal,
Marchant pieusement au son de la musique,
Feront retentir l'air de leur chant angélique,
Tournant sans s'arrêter, au beau chemin Breteuil,
Du temple Saint-Joseph regagneront le seuil.
Pour finir saintement cette cérémonie,
Versant dans l'encensoir le storax de l'Asie,
Ce vénérable évêque, en vous glorifiant,
Élèvera vers vous un nuage odorant,
Puis recommandera que pendant la neuvaine
L'on vienne s'incliner à sainte Philomène.
Ma fille, allez jouir de cet accueil flatteur !
Mais avant de partir, vous serrant sur mon cœur,
Au nom de Jésus-Christ ma voix vous renouvelle
De consacrer ici votre amour, votre zèle,
Pour faire prospérer le peuple marseillais
Et rendre à l'infini glorieux les Français.

FIN.

www.ingramcontent.com/pod-product-compliance
Lightning Source LLC
Chambersburg PA
CBHW061442030726

47503CB00005B/1529